BBULMEDIA

BBULMEDIA

스타일라이프

스타라이프

1판 1쇄 찍음 2017년 9월 28일
1판 1쇄 펴냄 2017년 10월 13일

지은이 | 정사부
펴낸이 | 정 필
펴낸곳 | 도서출판 **뿔미디어**

편집장 | 문정흠
기획 · 편집 | 한관희

출판등록 | 2002년 9월 11일 (제1081-1-132호)
주소 | 경기도 부천시 원미구 소향로 17번길(두성프라자) 303호 (우) 14544
전화 | 032)651-6513 / 팩스 032)651-6094
E-mail | bbulmedia@hanmail.net
비북스 | http://www.b-books.co.kr

값 8,000원

ISBN 979-11-315-8294-7 04810
ISBN 979-11-315-8292-3 04810 (세트)

※파본은 구입하신 서점에서 교환하여 드립니다.

BBULMEDIA FANTASY STORY

스타라이프

정사부 현대 판타지 장편 소설

2

CONTENTS

Chapter 1

MK 엔터테인먼트

외국 쇼 비즈니스 관계자와 면담을 마치고 그를 배웅하기 위해 로비로 내려오던 이성규는 로비 입구 안내 데스크에 사람들이 몰려 소란스러운 모습이 보이자 인상을 찌푸렸다.

다른 때도 아니고 중요한 손님을 배웅하려는 때에 회사 내에서 이런 불미스러운 광경을 내보였다는 것에 짜증이 났다.

그 때문에 무슨 일인가 확인하고 조취를 취하려 데스크로 걸어가던 성규는 소란을 일으키는 존재들의 정체를 알게 되면서 당황하기 시작했다.

지금 로비에서 소란을 일으키는 사람들은 바로 MK엔터

의 간판 여자 아이돌 그룹인 주얼스였기 때문이다.

아니, 정확하게는 최고 인기를 가지고 있는 센터 선혜와 이들의 매니저인 김흥식이 일반인과 말싸움을 하고 있는 것이다.

"잠시 실례하겠습니다."

별거 아니라 생각하고 소란을 중지시키려던 이성규는 얼른 손님에게 양해를 구하고 빠른 걸음으로 데스크 쪽으로 뛰어갔다.

"무슨 일이야!"

일단 회사의 간판스타들을 지켜야 하기에 이성규는 얼른 고함을 치며, 수현과 주얼스 사이를 비집고 들어가 둘을 갈라놓았다.

한편 갑자기 누군가 다가와 큰소리를 지르자 다툼을 벌이던 김흥식과 수현은 그 사람에게 시선을 던졌다.

"윽! 실장님!"

김흥식은 한참 수현과 말싸움을 벌이던 중 갑자기 나타난 이성규 실장을 보며 당황했다.

"무슨 일인데 회사 로비에서 이러고 있는 거야! 오늘 중요한 손님과 회사에서 미팅이 있다고 한 것 못 들었어!"

"아니, 그게 아니라……."

실장인 이성규의 추궁에 김흥식은 할 말을 찾지 못해 전전 긍긍했다.

"그쪽이 여기 실장입니까?"

김흥식이 당황하거나 말거나 수현은 갑자기 뛰어든 이성규를 보며 물었다.

조금 전까지 자신의 잘못을 인정하지 않고 오히려 적반하장으로 자신을 파렴치한 위인으로 몰아가는 김흥식 때문에 화가 난 상태였다.

자신을 부르는 수현의 질문에 김흥식을 압박하던 기세 그대로 수현에게 고개를 돌린 이성규는 수현의 질문에 대답은 하지 않고 잠시 노려보기만 했다.

그도 그럴 것이 남의 회사에 찾아와 소란을 일으키는 것이 마음에 들지 않았기 때문이다.

그런데 수현을 보던 이성규는 왠지 눈앞에 있는 남자가 눈에 익숙하다는 느낌을 받았다.

'어디서 본 것 같은데, 누구지? 연습생인가?'

수현을 어디서 본 듯한 느낌에 고개를 갸웃거리던 성규는 수현의 질문에 대답했다.

"그런데 누구지?"

느낌이 익숙하다는 것 때문에 수현을 회사 연습생이라 지레짐작한 성규는 수현에게 고압적인 말투로 물었다.

하지만 그 말을 들은 수현은 기가 막혔다.

'뭐야? 여긴 모두 이따위 인간들만 있는 거야?'

무턱대고 제대로 알지도 못하면서 한 사람의 말만 듣고

조폭을 동원해 일반인을 테러하려고 하지를 않나, 처음 보는 모르는 사람을 고깝게 밑에 깔고 보지를 않나 참으로 가지가지 하는 회사였다.

"여기는 연예 기획사가 아니라 조폭 회사입니까?"

"응?"

갑자기 자신이 생각한 대답이 아닌 이상한 질문이 튀어나오자 이성규는 눈을 동그랗게 뜨고 말았다.

"그게 무슨 소리지? 조폭이라니? 김 대리, 지금 이게 무슨 소리야!"

수현의 느닷없는 질문에 정확한 내용을 파악하지 못한 이성규는 다시 고개를 돌려 김흥식을 돌아보았다.

그에 김흥식은 조금 전 수현과 말다툼을 하고 있던 내용을 전달했다.

"으음……."

김흥식의 설명을 들은 이성규는 일이 쉽게 해결될 문제가 아니란 판단이 들었고, 일단 수현을 로비가 아닌 다른 곳으로 데려가 이야기를 해야 할 것 같다는 생각에 김흥식에게 수현을 3층 회의실로 안내를 하라고 지시했다.

자신은 손님을 배웅을 해야 하는 입장이기에 장시간 그를 기다리게 할 수가 없었기 때문이다.

"죄송한데, 곧 돌아올 테니 자세한 이야기는 저와 하시지요."

이성규는 일방적으로 수현에게 약속을 잡고 얼른 자리를 떠났다.

자신의 할 말만 하고 뒤돌아 떠나는 이성규의 모습에 수현은 잠시 그의 어이없어하며 뒷모습을 지켜보았다.

그러면서 수현도 방금 전 이야기를 하던 사람이 바로 자신이 군대에 있을 때 선혜가 속한 아이돌 그룹을 데리고 위문 공연을 왔던 사람이라는 것이 생각이 났다.

'그때 그 사람이군!'

수현이 이성규의 정체를 깨닫고 있을 때, 김홍식은 실장인 이성규의 지시 때문에 어쩔 수 없이 수현을 3층 회의실로 안내하였다.

"따라와!"

뭐 뀐 놈이 성을 낸다고, 조폭을 이용해 수현을 테러하려고 했으면서도 김홍식은 오히려 신경질을 내며 앞으로 걸어갔다.

그런 김홍식의 모습에 한쪽에 떨어져 있던 정아가 물었다.

"오빠! 저희는 어떻게 해요?"

방송국에서 멤버들끼리 한바탕 한 것 때문에 뭔가 훈계를 들을 것이라 생각하고 있던 주얼스 멤버들은 회사에 돌아오자 로비에서 문제가 발생해 낙동강 오리알 마냥 덩그러니 놓이게 되었다.

더욱이 문제는 실장이 그 모습을 보았다는 것이다.

그 때문에 자신들은 어떻게 해야 할지 갈피를 잡을 수가 없었다.

대한민국을 들었다 놨다 하는 최정상 아이돌 스타라고는 하지만, 이들은 이제 겨우 10대 후반, 많아야 20대 초반의 어린 아가씨들이었다.

그저 회사에서 정해준 일만 하도록 학습이 된 이들이기에 이런 상황에선 어떻게 해야 한다는 주체적인 생각을 할 수가 없었다.

그나마 정아가 가장 연장자고 또 팀의 리더였기에 나서서 매니저인 흥식에게 질문을 한 것이다.

"일단 너흰 너희 연습실 가 있어."

흥식은 정아의 질문에 일단 그녀들은 자리를 피하도록 했다.

굳이 그녀들까지 회의실로 갈 필요성을 느끼지 못했기 때문이다.

그렇게 교통정리가 끝나자 정아는 주얼스 멤버들을 데리고 자신들의 연습실로 향했다.

*　　　*　　　*

MK 엔터테인먼트 본사 3층 회의실.

회의실은 족히 20평은 될 정도로 상당히 넓은 곳이었다.

그곳에 수현과 안내를 맡은 김홍식만이 이성규가 돌아오길 기다리고 있었다.

덜컹!

회의실 문이 열리고 이성규가 들어왔다.

외국 손님을 배웅을 하기 위해 로비로 나왔던 이성규는 손님을 입구까지 배웅을 하고 돌아왔다.

그런데 회의실로 들어오는 이성규의 표정이 손님을 배웅할 때와는 180도 다른 모습을 하고 있었다.

탁!

수현이 앉아 있는 맞은편 의자를 빼서 주저앉은 이성규는 잠시 말을 하지 않고 수현의 얼굴을 쳐다보았다.

그리고 뒤늦게 앞에 앉아 있는 수현이 누구인지 기억해냈다.

"혹시… 선혜의 전 남자친구……."

"뭐, 지우고 싶은 기억이지만 2년 전 헤어진 것이 맞으니… 전 남자친구 맞습니다."

수현은 담담히 이성규의 질문에 대답을 했다.

그런 수현의 모습에 김홍식이 대화에 끼어들며 소리쳤다.

"이 새끼야! 헤어졌으면 깔끔하게 털어내야지 사내자식이 구질구질하게 매달리고 안 되니 협박을 해!"

김홍식은 계속해서 선혜에게만 들었던 이야기만 주구장

창 하고 있었다.

"그게 사실인가?"

이성규는 김홍식이 자신이 이야기를 하고 있는데 중간에 끼어든 것이 기분이 나빴지만 일단 저 말의 진의를 살펴야 했기에 수현을 보며 물었다.

"훗! 어처구니가 없군! 이성규 실장님이라고 했죠? 선혜가 작년 군부대 위문 공연을 할 때 본 것 같은데."

수현의 말에 이성규는 자신의 기억이 맞다는 것을 알고 이야기를 이어갔다.

"음, 애인이 있었다는 것. 그리고 애인이 군인이었다는 것은 알고 있었습니다."

이성규는 수현의 말에 고개를 끄덕이며 자신이 선혜에게서 들었던 수현에 관한 이야기를 하였다.

"그럼 제가 자대 배치를 받고 얼마 지나지 않아 선혜와 헤어진 것도 알고 있겠군요."

수현은 담담히 2년 전 있었던 기억을 떠올리며 물었다.

"네, 그 사실도 알고 있습니다. 제가 스타가 되기 위해선 신변을 정리할 필요가 있다고 조언을 하기도 했었으니……."

"음."

수현은 이성규의 대답에 작게 신음을 하였다.

하지만 그것도 잠시 시선을 돌려 아직도 자신을 노려보고 있는 김흥식을 쳐다보며 말했다.

"들으셨죠? 저 얼마 전까지 군인이었습니다. 알겠습니까?"

"그게 뭐! 군인이면 더 걸그룹인 선혜에게 집착을 했겠네! 이 새끼 참 안 되겠네!"

이미 자신만의 생각에 잠겨 있는 김흥식은 다른 사람의 말을 들으려하지 않고 있었다.

하지만 시실 이런 김흥식의 행동은 당연한 것이었다.

설마 수현이 깡패들의 위협에서 벗어나 자신을 찾아올 것이라고는 단 한 번도 예상하지 못했기 때문이다.

만약 이러한 사실이 외부에 알려지게 된다면 자신은 이 바닥에서 떠나야 하고, 자칫 잘못하면 형사처벌을 면할 수 없었다.

그러니 어떻게 해서든 눈앞에 있는 수현을 물고 늘어져야만 했다.

그래야 사실이 알려지더라도 자신은 매니저로서 담당 연예인을 지키기 위해 과잉 대응을 한 것처럼 포장이 되기 때문이다.

만약 그렇게만 인식되게 할 수만 있다면 회사에서 문제를 대신 해결해 줄 것이란 계산 하에 이런 행동을 하는 중이었다.

"당신, 군대 안 다녀왔지?"

수현은 아까부터 계속해서 억지만 부리고 있는 김홍식을 보며 물었다.

"나 싫다고 떠난 여자, 나도 굳이 매달릴 생각 없으니 그따위 이상한 소리 하지 말고, 지금 문제는 당신이 깡패들을 시켜 날 테러하려고 했다는 것이야!"

수현은 김홍식을 차가운 시선으로 쳐다보고 또박또박 한 자 한 자 끊어 이야기를 하였다.

이야기를 하면서 단 한 번도 흥분을 하지 않고 냉정하게 이야기를 하는 수현의 모습에 이성규는 일이 쉽게 해결되지 않을 수도 있다는 생각을 하게 되었다.

처음 이야기를 들을 때만 해도 선혜에게 과도하게 몰입한 팬이 엉뚱한 일을 벌이기 전에 매니저인 김홍식이 조금 과격하게 문제 해결을 하려고 했다고 생각했다.

그런데 수현이 하는 이야기를 들어보면 조금 전 김홍식이 했던 이야기와는 전혀 다른 말이었다.

단순히 주먹 좀 쓰는 이들을 시켜 손 좀 봐주라고 한 것이 아니라 조폭을 동원했다는 소리였다.

"몇 달 전 길거리에서 우연히 한 번 본적은 있지만 따로 만난 적도 없는데, 내가 협박을 했다는 것이 말이 된다고 생각하나?"

어느새 수현은 김홍식에게 존칭을 사용하지 않고 있었다.

하지만 전혀 그런 것이 어색하게 느껴지지 않고 있었으

며, 나이가 많은 김흥식 보다 수현이 더 어른 같이 말이 조리 있게 들렸다.

"증거는 있고?"

이대로는 안 되겠다는 생각이 든 이성규가 다시 물었다.

만약 이 사건이 외부에 알려지게 된다면 매니저인 김흥식만으로 끝나지 않을 것이란 것을 이성규는 알 수 있었다.

언제나 자극적인 이슈를 찾는 대중들이기에, 김흥식이 깡패를 동원해 빅 스타인 주얼스 멤버 선혜의 전 남자친구를 테러하였다는 사실이 공개가 된다면 주얼스는 물론이고 회사까지 타격을 받을 것이다.

"하! 이거 참……."

자신의 이야기를 듣고 김흥식의 상급자인 이성규가 먼저 사과를 할 줄 알았다.

그런데 증거가 있냐고 물어오자 어처구니가 없었다.

"왜요? 증거가 없으면 억지를 부려보려고 그럽니까?"

조금 전 로비에서는 김흥식이 흥분을 한 상태에서 자신도 화를 내게 되면 사고가 날 것 같아 냉정하게 상황에 대처를 하였다.

하지만 상급자인 이성규까지 사건을 이상하게 꼬려는 느낌을 받자 이성으로 눌러 놓은 분노가 점점 커졌다.

수현이 인상을 쓰며 노려보자 이성규는 목덜미가 서늘해지는 느낌을 받았다.

그리고 온몸에 소름이 돋듯 털이 곤두서는 것을 느꼈다.

'헉!'

마치 맹수가 노려보는 듯 소름이 돋은 이성규는 물론이고 조금 전까지 수현에게 폭언을 쏟아내던 김홍식까지 아무런 말도 못하고 굳어졌다.

이는 수현의 높은 정신 스탯과 군대에 있을 때 태권도 대회에 나가 입상을 하면서 받은 특수 스탯이 복합적으로 작용을 한 결과였다.

태권도 대회에서 입상을 하자 시스템은 그 보상으로 카리스마란 스탯을 주었다.

카리스마의 원래 뜻은 신이 주신 은혜 또는 권능으로, 범인은 거부할 수 없는 능력 등을 말한다.

그리고 이러한 카리스마는 대체로 무리의 우두머리나 존재감이 확고한 사람들이 가지고 있는 능력이다.

이는 특수 스탯이기에 다른 스탯과 다르게 스탯 1을 올리기 위해선 보너스 스탯 두 개를 소비해야 겨우 1스탯을 올릴 수 있었다.

수현은 처음에는 이 스탯의 역할을 잘 알지 못했지만, 이 카리스마란 스탯이 있을 때와 없을 때 주변의 반응이 달랐다.

처음 이 스탯을 가졌을 때 수현은 겨우 일병의 계급이었지만 부대의 간부들도 수현을 함부로 대하지 않았다.

또한 일전에 불량배들과 조폭들을 상대할 때에도 압도적인 무력도 무력이지만 수현이 가진 카리스마도 분명 도움을 주었다.

비록 스탯이 아까워 따로 올리지는 않았지만 이렇듯 확실한 작용을 하는 카리스마 스탯이다.

지금 그것이 수현이 화를 내자 여실히 들어나고 있었다.

스탯은 하나하나 따로 작용하지 않는다.

힘, 민첩, 지능, 정신 그리고 체력과 특수 스탯인 카리스마까지 모든 스탯은 서로 상호작용을 하며 효과가 상승을 하거나 하락을 한다.

특정한 스탯이 높고 다른 스탯들은 기준보다 못한 수치라면 마이너스한 효과를 나타낼 것이지만, 수현의 스탯은 모두 기준 이상, 아니 어떤 것은 일반 기준의 두 배 이상이었다.

그러니 그 상호작용은 플러스에 플러스를 더한 최상의 효과를 나타냈고, 지금 수현을 마주한 이성규나 김홍식은 수현의 존재감에 압도가 되었다.

"어떻게 저자가 날 테러하라고 의뢰한 배후라 알고 찾아왔을까 생각은 해본 겁니까?"

자신이 화가 나 노려본 것만으로 굳어버린 두 사람을 보자 어느 정도 화가 가라앉은 수현은 차분히 물었다.

"음!"

수현의 질문을 받은 이성규는 순간 할 말을 잊었다.

자신이 무엇을 놓치고 있는지 이제야 깨달은 것이다.

증거도 없이 이곳을 찾았을 것이란 생각을 못했기 때문이다.

그저 억울한 마음에 찾아와 강짜를 부리는 것이라 보편적으로 생각을 했는데, 지금 와서 자세히 살펴보니 수현의 어디에도 폭행을 당한 흔적이 보이지 않았던 것이다.

"당신들 같은 사람들이 어떻게 힘을 사용하던 상관하지 않겠지만, 상대를 봐가면서 행동을 하시죠!"

첫 직장에서 갑작스럽게 뒤통수를 맞고 한 달 만에 그만둔 수현이다.

설상가상 그날 양아치들의 습격을 받았다.

물론 술에 취하긴 했지만 양아치들에게 린치를 당할 만큼 수현이 호락호락한 인물이 아니었기에 양아치들을 모두 제압하였다.

뿐만 아니라 그들에게서 배후를 알아내고, 또 그 다음날 조폭 사무실에 찾아가 조폭 사무실을 초토화시켰다.

거기에 그치지 않고 조폭에게 의뢰를 했던 진정한 배후를 알게 되었고, 어차피 직장도 그만둔 상태라 일을 확실하게 마무리하기 위해 이곳 MK엔터까지 찾아왔다.

"알겠습니다. 저희가 잘못한 점 깊이 사과드립니다."

더 이상 버텨봐야 승산이 없다는 판단이 선 이성규는 얼른 수현에게 사과를 하였다.

"뭐해! 어서 사과드리지 않고!"

"죄송합니다."

이성규의 재촉에 김흥식은 마지못해 사과를 하였다.

'제길, 이대로 끝나면 안 되는데!'

김흥식은 속으로 걱정이 되었다.

정말로 이대로 일이 마무리되면 자신에게 불리해지기 때문이다.

"저희의 잘못으로 피해를 입으셨는데, 저희가 어떻게 피해를 보상하면 이 문제를 덮어 주실 수 있겠습니까?"

MK엔터의 실장으로서 이성규는 어떻게든 이번 문제가 밖으로 새 나가지 않게 하기 위해 수현을 달래기로 하였다.

어차피 칼자루는 자신들이 아닌 눈앞에 있는 상대가 쥐고 있음을 깨달은 상태다.

그리고 그는 수현도 자신이 어떤 입장인지 알고 있다고 생각했다.

그러니 이성적으로 회사에서 감당할 수 있는 범위 내에서 문제를 해결하려고 하는 것이다.

솔직히 이성규의 생각으로는 문제를 일으킨 김흥식의 처벌만으로 끝나는 것이 최선이다.

하지만 그런 일은 없을 것이다.

눈앞에 있는 피해자가 그것만 요구한다고 해도, 문제는

김흥식이다.

이 일로 김흥식을 회사에서 쫓아내게 된다면 김흥식은 혼자 죽으려 하지 않고 주얼스를 물고 늘어질 것이 분명했다.

그 때문에 지금 이성규의 머릿속은 무척이나 복잡했다.

이 일을 어떻게 해결을 해야 적은 피해로 해결을 볼 수 있을지 계산을 하고 있었기 때문이다.

그런데 뜻하지 않게 문제는 간단하게 해결되었다.

그게 무슨 말인가 하면, 수현이 별다른 보상을 요구하지 않았기 때문이다.

"그런 것 필요 없고, 각서 한 장만 써주시면 저도 더 이상 이 문제로 다른 말 하지 않겠습니다."

"각서? 정말로 그것만 써주면 문제 삼지 않겠다는 말입니까?"

이성규는 자신의 귀를 의심했다.

이 정도 사건이면 연예 기획사 입장에선 얼마를 불러도 그것을 받아들일 수밖에 없었다.

관련된 연예인, 즉 여기선 주얼스를 포기하지 않는 이상 수현이 어떤 것을 요구해도 들어줄 수밖에 없는데, 겨우 각서 한 장으로 퉁 치겠다고 하니 그 말을 쉽게 받아 들이 기가 힘들어 다시 한 번 물어본 것이다.

"여기서 제가 돈을 요구하게 되면 저도 깡패나 마찬가지가 되는데, 저는 그럴 생각이 없습니다. 다만 다시는 이런 귀찮은 일에 연관이 되고 싶은 생각 없으니 자필로 각서 한 장만 써주시면 됩니다.”

수현은 이성규의 반응을 보며 자신의 요구가 받아들여질 것이라 생각했다.

그리고 이성규의 입장에서 정말로 최선의 해결책이었다.

“정말로 제 각서면 되겠습니까?”

하지만 연예계에 오래 몸담고 있던 이성규다.

너무도 좋은 조건이기에 오히려 쉽게 그 말에 믿음이 가지 않고 의심을 하게 된 것이다.

“하! 그럼 어떻게 하겠다는 것인지 말씀해 보십시오.”

그냥 각서 한 장이면 끝내겠다는 자신의 말에 거듭 물어오는 이성규의 질문에 수현은 그냥 네가 한 번 말해보라는 심정으로 물었다.

“그럼 솔직히 말하겠습니다. 각서를 써주는 것은 문제되지 않습니다. 다만 저희 쪽에서도 뭔가 믿을 수 있는 것이 필요하니…….”

이성규는 자신의 생각을 수현에게 들려주었다.

그리고 그 말을 들은 수현은 어처구니가 없었다.

잘못은 그들이 했으면서 자신도 그에 상응하는 각서, 즉 이를 문제 삼지 않겠다는 각서를 써달라는 말이다.

그에 대한 보상으로 약간의 보상금을 주며 그것을 받고 더 이상 문제없음을 증명하라는 것이다.

수현은 한참을 생각하다 더 이상 이곳에 있는 것도 짜증나고 해서 이성규의 제안을 수용하기로 하였다.

"알겠습니다. 그럼 당신의 말대로 할 것이니 자필로 써주시기 바랍니다."

하지만 일은 그렇게 간단하게 끝나지 않았다.

이 일은 결국 MK엔터 사장의 귀에 들어가게 되었다.

그러고는 이성규가 어떡하든 문제를 해결하려고 회의실에서 이야기를 하는 동안 사장인 김형수가 회의실로 찾아오기에 이르렀다.

벌컥!

막 합의를 마치고 각서를 쓰려던 ,때 김형수가 회의실 안으로 들어섰다.

"헉! 사장님!"

회의실 안으로 들어오는 김형수의 모습을 확인한 이성규는 급히 자리에서 일어나 그를 맞았다.

하지만 이성규의 인사를 받은 김형수는 그를 일변도 하지 않고 수현을 노려보았다.

그런 김형수의 모습에 이성규는 혹시나 합의를 끝낸 일이 자칫 김형수의 오판으로 깨질 수도 있다는 생각에 얼른 그에게 다가가 귓속말을 하였다.

사장인 김형수가 이곳을 찾은 것은 아마도 문제의 발단인 선혜의 부추김 때문일 것이란 사실을 짐작할 수 있기 때문이다.

현재 MK엔터 내에서 주얼스의 센터 선혜의 인지도는 상당하다.

많은 소속 연예인이 있기는 하지만 그녀만큼 인지도가 있는, 아니 인지도 면에서는 비슷한 연예인도 있지만 회사의 입장에서 가장 많은 돈을 벌어다 주는 연예인은 바로 선혜였다.

그러니 회사 사장이며 이사들까지 그녀를 끼고 돌 수밖에 없다.

"음, 그게 사실이야?"

이성규가 급히 사건의 전말을 전달하자 선혜의 말만 듣고 이곳을 찾아온 김형수는 굳은 표정으로 김홍식을 쳐다보았다.

"지금 막 서로 각서를 쓰려고 하던 중이었습니다."

"음."

김형수는 잠시 의자에 앉아 있는 수현을 쳐다보았다.

그런 김형수의 시선에 수현도 피하지 않고 그를 쳐다보았다.

두 사람은 잠시 그렇게 서로의 시선을 마주하다가, 김형수가 먼저 수현의 곁으로 다가갔다.

"일단 이번 일이 벌어진 것에 사과를 하지. 다시는 이런 일이 벌어지지 않게 철저히 관리를 하겠네!"

김형수는 수현을 보며 그렇게 다짐을 하듯 사과의 말을 하였다.

그 또한 실장인 이성규의 말을 전해 듣고 수현이 어떤 마음으로 그런 결정을 내렸는지 짐작할 수 있었다.

"각서는 사장인 내가 써주기로 하지."

그렇게 김형수는 말이 떨어지기 무섭게 자리에 앉아 이성규가 쓰려던 각서를 자신의 손으로 쓰기 시작했다.

한편 갑자기 난입한 사장이 쓰지 않아도 될 각서를 직접 쓰자 김흥식의 얼굴이 창백하게 변했다.

주얼스나 회사의 입장에서는 문제가 잘 해결이 된 것이지만 자신의 입장에선 그렇지 않았기 때문이다.

실장이 이성규의 선에서 끝났다면 직속 부하 직원이니 별다른 문제없이 끝날 수 있었다.

하지만 문제는 이제 실장인 이성규가 아닌 사장 김형수의 손으로 넘어갔다.

그 말은 크든 작든 이번 사건에 대한 책임 소재가 불거질 것이고, 원인을 제공한 선혜보다는 그 매니저이면서 직접적으로 조폭에게 의뢰를 한 자신이 그 책임을 질 것이 분명했다.

그 때문에 흥식의 표정이 죽었던 것이다.

실장 이성규를 대신해 각서를 쓴 김형수는 그것을 수현에게 넘겼다.

그리고 조금 뒤 김형수의 지시를 받고 나갔던 이성규가 봉투 하나를 가져오자, 그것을 다시 수현에게 주었다.

그것은 조금 전 이성규가 수현에게 주겠다고 했던 피해보상금이었다.

각서에 피해보상금까지 받고 나자 수현이 모든 일이 원만하게 해결되어 합의를 했다는 합의 내용이 들어간 합의서를 써주었다.

수현은 조금 기분이 찜찜하긴 했지만 각서도 받았으니 더 이상 이들이 문제를 일으키지 않을 것이라 믿고 그곳을 나왔다.

그런데 막 수현이 회의실을 나갔을 때, 안에서 작은 소음이 들렸다.

보통 사람이라면 너무 작은 소리라 듣지 못했을 것이지만, 신체 능력이 남다른 수현이기에 방음처리가 잘 된 회의실 안에서의 소란이 똑똑히 들렸다.

퍽!

우당탕!

— 일을 하려거든 똑바로 하던가! 이게 뭐야!

— 죄송합니다. 제가 관리를 잘못했습니다. 다시는 이런 일이 없게 하겠습니다.

— 너 이 새끼, 너 때문에 손해가 얼만지 알아! 마음 같아선 확! 잘라 버리고 싶은데, 또 어디 가서 헛소리 하고

다니면 골치 아프니… 이 실장, 이 새끼 관리 똑바로 해!

— 알겠습니다.

'역시… 저렇게 앞으로는 사과를 하고서 뒤로 저따위로 행동을 하니 밑에서 뭘 보고 배웠겠어! 최대한 엮이지 않는 게 최고다.'

수현은 회의실 안에서 벌어지는 상황을 듣고는 마치 더러운 것을 피하듯 빠른 걸음으로 그곳을 벗어났다.

* * *

직장도 잃고 깡패들의 습격도 받았다.

테러를 당하였지만 수현은 그것을 극복하고 오히려 자신을 습격한 이들을 제압하여 그 배후를 알아냈다.

그 과정에서 자신이 살고 있는 지역의 작은 규모 조폭들과 또 다시 액션 활극을 연출했다.

참으로 기가 막혔다. 20여 년을 살아오면서 지금까지 수현은 그저 평온한 길만 걸었는데, 군대에 입대를 한 뒤 참으로 스펙터클한 인생을 살게 되었다.

드라마에 나오는 빤한 스토리처럼 애인이 변심을 하고, 평범한 사람은 겪어보지 못할 낙뢰 사고도 당해보았다.

더욱 기가 막힌 것은 그 속에서 살아나면서 게임 시스템이 자신이 몸에 입혀졌다는 것이다.

그러면서 평범했던 자신의 삶이 완전 바뀌었다.

물론 겉으로는 사람들의 의심을 피하기 위해 많은 것을 숨겨야만 했다.

그렇지 않았다가는 어딘가에 끌려가 인체 실험을 당할 수도 있기 때문이다.

지금까지 영화나 소설에나 등장할 법한 일들이 자신에게 일어났었는데, 그 또한 일어나지 않을 것이란 보장이 없지 않은가. 그래서 수현은 보통 사람들처럼 행동을 하려고 노력을 하였다.

그렇지만 모난 돌이 정을 맞고, 송곳은 가죽 주머니에 있어도 가죽을 뚫고 나온다고 했던가. 수현의 몸에 적용된 게임 시스템으로 인해 수현의 비범함은 은연중에 들어났다.

다행히 수현의 그러한 비범함은 수현의 노력에 의해 적당히 수재 정도로 비치게 되었고, 그 때문에 수현은 군대에서 그럭저럭 편하게 생활을 할 수 있었다.

물론 간부들이 이것저것 부탁을 하는 바람에 조금 몸이 힘들기는 했지만, 그래도 그런 것들이 양분이 되어 자신을 발전시킬 수 있었기에 수현은 그것이 그리 나쁘다고 생각지 않았다.

실제로 그런 것들을 하면서 적당히 보상을 받기도 했으니 서로 윈윈이라 할 수 있었다.

다만 군대를 제대하고 일이 꼬이면서 안 좋게 흘러가면서 오늘에 이르게 되었다.

군입대 전까지만 해도 수현과 선혜의 관계는 이렇지 않았다.

선혜도 수현이 군대에 입대를 하기 전 서로 사귀는 동안 무척이나 헌신적이었고, 서로를 아꼈다.

하지만 수현과 떨어져 있는 그 짧은 시간, 선혜는 수현이 이전에 알던 그녀가 아닌 것처럼 변해 버렸다.

불나방이 불빛에 홀려 제 죽을지도 모르고 불 속으로 뛰어 드는 것 같이, 선혜는 뭔가에 홀린 것처럼 성격이 확 바뀌었다.

누구에게나 친절하고 자신을 헌신할 줄 알던 그녀는 사라지고 팬들의 인기에 취해 세상이 자기를 중심으로 돌아가는 양 독선적이고 아집에 사로잡혀 있었다.

뿐만 아니라 자신이 필요하다면 거짓말도 서슴지 않는 것으로 보아 현실을 부정하고 자신을 과장되게 보이기 위해 주변에 거짓말을 하는 리플리 증후군이나 아니면 관심을 받기 위해 거짓 또는 자해까지 한다는 뮌하우젠 증후군이 아닐까 의심이 들 정도였다.

이번 일도 그저 단순히 자신이 그녀에게 관심을 보이지 않았다는 것에 앙심을 품고 자신의 매니저에게 거짓말로 자신이 수현에게 협박을 당하고 있다고 속여 벌어진 일이었다.

한 여자의 거짓말이 참으로 엄청난 사건을 만들었다.

물론 사실 여부를 확인도 않고 조폭에게 손 좀 봐주라고 의뢰를 한 김홍식도 정상은 아니었지만, 연예계에 종사하는 그들의 시선에선 그게 정상인 것이다.

약하게 보이면 물어뜯기는 것은 야생이나 마찬가지인 세계에서 살아가는 그들이다.

겉으로는 화려하지만 그 밑바닥을 들여다보면 그보다 더 럽고 비정한 세계가 없었다.

화려한 백조가 물 위에 떠 있기 위해 물밑으로 열심히 물질을 하는 것처럼, 약점이라 생각되는 것은 문제가 커지기 전에 치워야 한다.

그랬기에 김홍식은 언제나 그랬듯 자신이 맡은 주얼스란 그룹, 그리고 최고의 상품인 선혜에게 흠집이 생기기 전에 문제를 해결하려 하였다.

하지만 상대가 좋지 못했다. 더욱이 수현은 그날 이충호에게 뒤통수를 맞은 날이기도 했다.

화가 나 있는 상태에서 그 화를 풀지 못하고 가슴 속에 품고 있는 상태에서 고맙게도 그 화를 풀 수 있는 대상이 나타난 것이다.

그래서 우리에 갇혀 있던 맹수를 풀어놓듯 자신을 습격한 양아치들을 향해 분노를 풀었다.

물론 상대가 덩치는 컸지만 어려보이는 얼굴 때문에 적당히 당시 기분만 풀 정도로만 힘을 썼다.

그럼에도 무기를 든 네 명의 양아치를 제압하고, 그 배후에 있는 삼식이파를 알아냈다.

그 뒤로 삼식이파를 찾아가고 또 그들에게서 김흥식의 의뢰를 알아내 그가 무엇 때문에 그런 의뢰를 했는지 듣기 위해 MK엔터를 찾았다.

여기까진 그런대로 가벼운 마음에 올 수 있었다.

하지만 MK엔터의 로비에서 김흥식을 만나고, 아니 정확하게는 그의 뒤에 있는 선혜의 얼굴을 보고 모든 것을 깨달았다.

이 모든 사건이 선혜에게서 비롯된 일이란 것을 말이다.

사실 자신을 테러하라고 의뢰를 한 것이 MK엔터란 사실을 알았을 땐, 혹시나 하는 생각과 함께 이왕 이렇게 된 것 보상이나 좀 받자라는 생각도 있었다.

하지만 로비에서 김흥식을 만나 작은 언쟁을 하면서 그런 생각이 쏙 들어갔다.

벽창호도 이런 벽창호가 없었다. 성인이면 말이 통해야 하는데, 자신이 믿고 싶은 것만 믿고 다른 사람이 하는 이야기는 일절 들으려하지 않았다.

그러다 보니 언쟁은 길어지고 실장이란 사람을 보게 되었다.

그런데 이성적으로 보이던 그 실장도 김흥식과 그리 다르지 않았다.

처음 김홍식의 이야기만 듣고 자신을 삥이나 뜯으러 온 양아치를 보듯 하였다.

하지만 자신이 증거를 가지고 있다고 하자 순간 꼬리를 말았다.

전형적인 소인배에 협잡꾼의 모습이 아닐 수 없었다.

이런 MK엔터의 모습을 확인한 수현은 모든 것이 부질없다는 생각과 함께 얼른 이곳을 나가고 싶다는 생각만 들었다.

그래서 보상도 필요 없고 그냥 다신 이런 일이 재발하지 않을 것이란 각서를 써달라고 한 것이다.

괜히 여기서 더 시간을 끌었다가는 크게 사고를 칠 것만 같아 얼른 문제를 해결하고 더 이상 이들과 상종하기 싫었기에 합의는 금방 끝났다.

하지만 변수가 발생했다. 그것은 바로 MK엔터의 사장이 회의실로 찾아온 때문이다.

수현은 처음 회의실 문을 열고 들어온 김형수를 보며 느꼈다.

결코 그가 평범한 사업가는 아니란 사실을 말이다.

머릿기름을 발라 단정히 넘긴 머리 스타일이나 고급 양복으로 빼입은 양복, 하지만 그런 것과는 다르게 다른 사람을 아래로 깔아보는 듯한 차가운 시선은 그가 지금에 이르기 위해 많은 일을 겪어왔다는 것을 느끼게 만들었다.

그리고 그것이 결코 평범한 일은 아닐 것이란 것도 알 수 있었다.

간간히 자신을 보는 눈빛에는 수현이 약하다 싶으면 잔인하게 물어뜯어 잡아먹으려는 맹수의 기질이 보였기 때문이다.

하지만 김형수는 자신의 성질을 보일 수 없었다.

아니, 이성규에게 모든 진실을 듣고는 표정을 바꾸고 사람 좋은 미소를 내보였다.

그렇지만 김형수가 회의실으로 들어오는 처음부터 그를 지켜본 수현의 눈을 피할 수는 없었다.

그리고 수현의 판단이 틀리지 않았다는 것은 금방 증명이 되었다.

합의가 끝나고 수현이 회의실 밖으로 나가자마자 안에서 소란이 일어났기 때문이다.

더욱 놀라운 사실은 김홍식이 문제를 일으킨 일로 훈계를 하는 것이 아닌, 제대로 문제를 해결하지 못하고 꼬리가 밟혀 자신들이 드러났다는 사실 때문이란 것이다.

즉, 그 말은 자신들이 드러나지 않았다면 문제가 될 것이 없었다는 소리다.

수현은 그러한 김형수의 말을 들으면서 선혜로부터 비롯된 반감이 더욱 커졌다.

띠링!

— 지능 스탯이 1 상승했습니다.

불과 어제와 오늘 일어난 일에 대한 복기를 하며 걷고 있는데, 생각지도 않은 알람이 울렸다.

그런데 의외인 점은 정신 스탯이 아닌 지능 스탯이 올랐다는 것이다.

그 때문에 수현은 방금 전까지 자신에게 벌어졌던 사건에 대해 고민을 하던 것을 싹 잊어버리고 다른 때는 머리를 굴리면 정신 스탯이 오르던 것이 이번엔 지능이 올랐다는 것에 관심을 기울였다.

한참을 그렇게 고민을 하던 수현은 처음 게임 시스템을 알게 되고 또 그것을 알아가면서 자신이 했던 모든 행동들과 그런 행동들로 인해 있었던 변화를 조목조목 따져보았다.

'아! 그래서 지능이 오른 것이구나!'

수현은 한참을 생각하다 깨닫게 되었다.

방금 전 지능 스탯이 올라간 것은 자신이 어제 오늘 벌어진 일을 복기를 하면서 사건이 벌어지게 된 연관 관계를 추리하여 진실을 밝혔기 때문이란 것을 알았다.

정확한 추리를 하는데에는 정신력도 필요하지만 가장 큰

비중을 차지하는 것은 지능이었기에 방금 전 지능 스탯이 올랐던 것이다.

이런 사실을 알게 되면서 수현은 책을 많이 읽으면 지능 스탯이 오르던 것에 더해 또 다른 비밀을 알게 되어 무척이나 기뻤다.

이번 일련의 사건으로 인해 상했던 기분이 조금이나마 보상받는 느낌이었다.

*　　　*　　　*

"어? 정수현이, 오랜만이다!"

지능 스탯이 오른 것에 대한 비밀을 알게 되면서 기분 좋게 거리를 걷고 있는데, 누군가 자신을 불렀다. 수현은 자신을 부르는 소리가 들린 방향으로 고개를 돌렸다.

그곳에 생각지도 못한 사람이 자신을 향해 걸어오고 있었다.

"이게 누구야! 오대성이!"

"그래 나 오대성이다. 정말 반갑다."

"그래 나도 반갑다. 잘 지내지?"

수현은 정말로 몇 달 만에 만난 군대 동기인 오대성이 무척이나 반가웠다.

"여기서 이럴 것이 아니라 어디 들어가서 이야기하자!"

"너 어디 가는 중 아니었냐?"

자신을 데리고 어딘가로 끌고 가는 대성에게 수현은 의아한 눈으로 쳐다보며 물었다.

"그렇긴 한데, 아직 시간적 여유가 있으니 이야기나 좀 하자!"

자신의 말에도 이야기를 하자는 대성의 말에 수현은 고개를 갸웃거리다 그냥 대성을 따라 걸어갔다.

이들은 가까운 카페에 들어가 자리를 잡았다.

"뭐 마실래?"

대성은 수현을 쳐다보며 물었다.

"난 시원한 아이스커피!"

"그래, 잠시 기다려!"

대성은 얼른 자리에서 일어나 음료를 주문하러 갔다.

잠시 후, 음료 두 잔을 가져온 대성은 그중 하나를 수현에게 건넸다.

"잘 마실게!"

"응, 그나저나 뭐하고 지내냐?"

"나야 그저 그렇지, 너는 어때? 영화 제작사에 들어갈 거라고 했잖아?"

"응, 지금 출근하는 중이었지. 그런데 넌 태권도 사범 할 거라고 하지 않았냐? 지금 시간이면 출근했을 시간인데, 네가 여긴 어쩐 일이야?"

대성은 고개를 갸웃거리며 의문이 가득한 눈으로 수현을 보았다.

태권도 단증이 없었던 그는 수현 때문에 쉽게 단증을 딸 수 있어서 포상 휴가도 다녀올 수 있었다.

그래서 반가운 마음에 수현을 붙잡기도 했지만, 그가 잘 지내고 있는지 궁금증도 있어 물어본 것이다.

"아 그게……."

수현은 어제 오늘 있었던 이야기를 편하게 들려주었다.

모든 이야기를 들은 대성은 기가 막혔다.

"하! MK엔터 새끼들 양아치인 것은 알고 있었지만 일반인을 조폭을 시켜 테러를 했다고?"

수현의 이야기에 자신의 일처럼 화를 내는 대성이었다.

"야야! 조용히 해라! 보상도 받고 각서도 받았으니 됐다. 더 이상 문제 삼지 않기로 약속을 했으니 그 이야기는 그만 끝내자!"

"그래, 알았다. 그런데……."

대성은 수현의 이야기를 듣고 흥분을 하다 수현이 제지를 하자 말을 멈췄다.

하지만 뭔가 더 할 말이 있는 듯 말끝을 흐렸다.

"뭐 내게 할 말이라도 있냐? 뭔데?"

수현은 자신을 향해 뭔가 할 말이 있는 듯 말끝을 흐리는 대성의 모습에 고개를 갸웃거렸다.

"너 지금 그럼 어디 나가는 곳 없는 거지?"

"응? 뭘?"

"아니 너 그제 체육관 그만 뒀다면서, 그럼 지금 직업 없는 것 아냐?"

"뭐, 그렇지."

수현은 대성이 무엇 때문에 그런지 모르겠지만 자신이 직장이 없는 것에 관심을 보이자 의아해 할 수밖에 없었다.

하지만 일단 친구가 물어보니 대답을 하지 않을 수는 없어 대답을 해주었다.

Chapter 2

대성의 제안

군대 제대를 한 지 몇 달이 되었는데도 직업이 없다는 것 때문인지 수현의 목소리가 작아졌다.

그런 수현의 모습에 대성은 눈을 반짝이며 이야기를 하기 시작했다.

"사실 내가 이런 이야기를 하는 이유는 네게 제안 하나를 하려고 해서 그런다."

"제안?"

대성의 이야기를 들은 수현은 고개를 갸웃거렸다.

그가 자신에게 할 제안이란 것이 무얼까 생각을 해보지만 뚜렷하게 떠오르는 것이 없었기 때문이다.

수현이 알기론 그 또한 제대한 지 얼마 되지 않아 소속된 영화사에게 이렇다 할 직급을 가지고 있는 것도 아니고, 또 연차가 있는 것도 아니니 군 입대 전에 했던 밑바닥 스탭일 텐데 무슨 제안을 한다는 것인지 의아했다.

자신을 쳐다보며 고개를 갸웃하는 수현의 모습에 대성은 쓰게 미소를 짓고는 수현이 궁금해 하는 것을 들려주었다.

"내가 소속된 영화사에서 이번에 신작이 들어가는데, 그게 좀 말이 많아서 배우들과 촬영 스탭들의 안전을 위해 촬영이 끝날 때까지 경호원들을 붙이기로 했다."

'헐!'

수현은 대성의 이야기를 듣고 속으로 놀랐다.

얼마나 대단한 영화를 찍는 것이기에 배우는 물론이고 촬영 스탭에게까지 경호원을 붙이려고 하는 것인지 너무 놀라 할 말을 잃었다.

하지만 그것도 잠시 대성의 이야기를 들으면 무척이나 위험한 일이란 생각이 들었다.

"그거 너무 위험한 것 아니냐?"

자신이 대성의 제안을 수락하건 그렇지 않건 일단 너무 위험해 보였다.

그렇기에 일단 거절을 하였다.

"아, 그렇게만 보면 너무 위험한 일로 들리지만 그렇게 위험한 일은 아니야! 그저 조금 민감한 주제를 다루는 것이라 혹시나 하는 생각에서 미리 조치를 취하는 것뿐이야."

"그래?"

"응, 이게 무슨 내용이냐면 정치권 내부에서 벌어지는 사건을 다루는 것이라 조금 예민한 반응을 보이는 이들이 좀 있거든."

수현은 대성의 설명이 길어질수록 그 말에 수긍을 하며 고개를 끄덕였다.

확실히 대한민국 정치에 관한 이야기라면 분명 반대편에서 문제 제기를 할 수 있었고, 또 그들의 지지자들 중에는 촬영을 방해하려는 사람이나 단체가 있을 수 있었다.

사실 대한민국에는 그 정체를 알 수 없는, 설립 목적이 무엇인지 불분명한 단체들이 참 많았다.

애국청년연맹이나 어버이연합 등 이름만 들어서는 참으로 그럴듯한 간판을 가지고 있지만 그들이 하는 집회의 내용을 보면 참으로 가관이 아닌 것들이 많았다.

그러니 혹시나 대성이 있는 영화사에서 그런 단체들이 배우나 스탭에게 테러를 하지는 않을까 걱정이 되어 경호원들을 붙이려는 것이다.

하지만 수현은 대성의 이야기를 들으며 수긍을 하기는 했지만 그런 일이라면 한 개인이 어떻게 한다고 될 일이 아닌 것 같았다.

"그건 나보단 전문 업체에 맡기는 것이 더 나을 것 같은데?"

"물론 당연하지! 너 혼자서 어떻게 영화에 출연하는 그 많은 배우와 스탭을 지키냐!"

대성은 수현의 말에 빙그레 웃으며 맞장구를 쳤다.

그러면서 다시금 설명을 하기 시작했다.

"내가 네게 부탁하고자 하는 것은 다름 아니라 이번 영화에 출연하는 여주인공의 경호를 부탁하려고 그러는 것이다."

"여주인공? 아니 그렇게 중요한 사람이라면 업체의 최정예들이 붙을 텐데 뭐 하러 나한테 그런 것을 부탁해?"

상식적으로 대성의 말이 이해가 되지 않았다.

남자 주인공이나 여자 주인공처럼 그 영화에 가장 핵심적인 배역을 가진 사람의 경호를 전인 경호원도 아닌 자신에게 부탁을 한다는 것은 말이 되지 않았다.

물론 수현 개인적으로는 웬만한 위협은 혼자서도 충분히 막아낼 수 있다 자신을 하지만 자신이 가진 특수한 능력을 알지 못하는 대성이 그런 말을 하는 것이 뭔가 찜찜한 기분이 들었다.

"그게… 이번 우리 영화의 여주인공이 바로 유진 누나거든!"

"유진 누나? 무슨 유진?"

수현은 잠시 고개를 갸웃거렸다.

그러면서도 뭔가 촉이 팍! 하고 오는 것이 방금 대성이 말한 유진 누나라는 사람이 자신도 알고 있는 사람일 것만 같은 예감이 들었다.

"연예계에서 내가 유진 누나라 부를 수 있는 사람이 몇 명이나 되겠냐? 바로 톱스타 최유진이지."

"아!"

대성의 설명에 수현은 자신도 모르게 작게 감탄사를 터뜨렸다.

최유진, 90년대 후반에 아이돌로 데뷔를 하여 대한민국을 넘어 아시아의 요정이라 불렸으며, 가수 활동을 하면서도 드라마, CF모델 등 각종 활동을 하면서 가수만으로 그치지 않고 배우와 광고 모델로도 크나큰 인기를 받았다.

시간이 흐르고 나이를 먹으면서 그룹이 해체가 된 후 개인 활동을 하면서도 틈틈이 음반을 발표를 하였는데, 그때마다 그녀는 줄어든 음반 시장에서도 10만 장 이상을 판매하는 기염을 터뜨렸다.

그러다보니 연예계에서는 그녀를 여왕이라 부르기도 하고, 실제로 그녀의 팬 카페의 이름이 '유진 여왕의 친위대' 였다.

물론 여왕의 친위대에 수현도 포함이 되어 있었다.

이러한 사실을 알기에 대성이 수현에게 경호원 제안을 하는 것이다.

"유진 누나가 영화 촬영을 한다는 것이 정말이야?"

수현은 최유진이 영화 촬영을 한다는 것에 놀라 물었다.

"응, 3년 만의 복귀작이다."

대성은 이런대도 네가 내 제안을 받아들이지 않을 것이냐는 듯 은근한 표정으로 수현을 쳐다보았다.

그 때문에 수현은 잠시 뭔가를 골똘히 생각을 하다 질문을 하였다.

"그런데 도대체 무엇 때문에 유진 누나가 전문 업체의 경호를 거부하는 건데?"

수현은 궁금해 물어보지 않을 수가 없었다.

도대체 영화사에서 어떤 경호 업체를 선정을 하였기에 톱스타 최유진이 자신의 안전을 위해 선정한 경호원들을 거부하는 것인지 궁금했던 것이다.

"그게… 이번에 영화사에서 경호 업체로 계약한 회사명이 진성 토탈가드다."

"진성 토탈가드?"

"응, 진성!"

"설마 그 진성을 말하는 것이냐?"

수현은 대성을 보며 자신이 알고 있는 곳이 맞는 것인가 확인 차 물었다.

그런 수현의 질문에 대성은 고개를 끄덕여 주었다.

방금 대성이 언급한 진성 토탈가드는 경호 업체 중에서는 상당한 규모를 가진 전문 업체가 맞다.

경호원의 숫자도 300명이 넘고, 또 이름에서도 알 수 있듯, 진성 토탈가드는 개인 경호는 물론이고 시설 경호도 하는, 경호 회사 중에선 대형 회사다.

다만 톱스타 최유진과는 악연이 있는 회사라는 것이 문제였다.

지금으로부터 7년 전 최유진은 자신의 이름을 걸고 단독 콘서트를 진행했었다.

서울에서 이틀 그리고 서울 공연이 끝나면 일주일간 전국 7개 도시를 돌며 전국 투어를 할 예정이었다.

그 때문에 준비 기간도 1년여를 잡고 엄청난 자금을 투입한 대규모 프로젝트였다.

당시 최유진이 소속된 기획사에서도 톱스타 최유진의 이름을 걸고 하는 첫 단독 콘서트다보니 무척이나 신경을 썼다.

하지만 콘서트에서 가장 중요한 것은 콘서트의 내용도 내용이지만 가장 우선적으로 안전사고를 막는 것이 우선이었다.

그래서 최유진의 단독 콘서트의 안전을 위해 대형 경호 업체에 이를 맡겼다.

그리고 당시 최유진 콘서트의 경호를 맡은 업체가 바로 한창 주가를 올리고 있던 진성 토탈가드였다.

다른 가수들의 공연에도 참여를 했었고, 또 국제적 행사에도 경호 업체로 참여를 하면서 명성이 자자했기에 최유진의 회사에서도 진성의 이름에 안심을 하고 계약을 맺은 것이다.

하지만 이러한 최유진의 소속사나 콘서트를 하는 최유진의 믿음은 얼마 지나지 않아 산산조각이 나고 말았다.

그 이유는 바로 전국 투어의 시작을 알리는 서울에서 진행이 되는 콘서트 첫날 문제가 터졌기 때문이다.

그것도 시설이나 음향, 혹은 최유진의 컨디션 문제가 아닌 경호를 맡은 진성 토탈가드의 경호원들의 과잉 대응으로 콘서트를 구경 온 팬 몇 명이 부상을 당했다.

공연이 시작되고 최유진은 긴 시간을 게스트 없이 혼자 진행을 해야 하기에 시간과 체력분배를 하여 공연을 하였다.

데뷔할 때 불렀던 노래를 편곡하여 혼자 부르고, 또 간간히 쉬는 시간에 팬들과 소통을 위해 토크도 하는 등 1부가 잘 끝났다.

하지만 문제는 2부가 시작되지 얼마 되지 않아서 벌어졌다.

공연은 점점 고조가 되고, 일부 팬들이 흥분을 하여 점점 무대 앞으로 몰리기 시작한 것이다.

팬들이 점점 무대 가까이 몰리자 그 앞을 막고 있던 진성 토탈가드의 경호원들이 자신들을 밀고 무대로 접근하려는 팬들을 그저 몸으로 막는 정도가 아니라 폭행을 가하고 말았다.

이 때문에 공연은 팬들의 환호 소리가 아닌 경호원에게 폭행을 당한 팬들의 비명 소리로 울려 퍼졌다.

경호원들의 과잉 진압과 팬들의 비명에 공연은 중단이 되었다.

그런데 문제는 그 정도로 끝나지 않았다.

자신의 팬을 공격하는 경호원들을 막는 과정에서 최유진도 부상을 당한 것이다.

전국 투어를 해야 할 최유진이 부상을 당하면서 일은 일파만파 커져 버렸다.

너무 혼란스러운 상황에서 어느 쪽의 공격에 최유진이 부상을 입었는지 밝혀지진 않았지만, 그로 인해 전국 투어는 전면 취소가 되었다.

예매된 티켓은 전부 환불을 한 것은 물론이고 공연이 취소되면서 임대를 한 공연장에 위약금을 물어야 했다.

하지만 피해는 그것만이 아니었다.

최유진의 부상에도 그날 뉴스에 최유진의 부상 소식은 아주 짧은 단신으로 다뤄질 뿐이었고, 가장 중점적으로 대두된 것은 바로 경호원들의 팬들에 대한 강경 진압 내용이었다.

분명 그것은 최유진의 잘못이 아닌 일부 흥분한 팬과 경호원들 간의 문제였지만 팬들은 그렇게 생각지 않았다.

어떻게 해서 여론이 그렇게 형성이 된 것인지는 모르겠지만 여론은 최유진과 그녀의 소속사에서 팬들을 강경하게 대한 것으로 전파가 되었다.

이 때문에 최유진이 부상을 입기는 했어도 며칠 안정을 취한다면 가까운 초반의 콘서트는 힘들겠지만 시간이 있는 후반기 콘서트는 진행할 수 있음에도 뿔난 팬들의 보이콧으로 인해 콘서트 자체가 전면 취소가 되었다.

더 황당한 것은 문제를 일으킨 진성 토탈가드의 사후 행동이었다.

그들은 자신들의 의뢰를 받은 대로 의뢰자인 최유진의 안전을 최우선으로 했기에 책임이 없다는 것이었다.

이런 변명을 뉴스에 나와 떠드는 바람에 최유진의 이름은 더욱 땅바닥에 떨어지고 말았다.

경호 업체 하나 잘못 선정하여 금전적으로나 심적으로나 막대한 피해를 입은 최유진과 그녀의 소속사는 뒤에 진성 토탈가드를 상대로 피해보상 소송을 냈지만 소송은 일부 승소를 하고 끝났다.

소송에서 일부나마 승소를 하는 바람에 금전적으로는 어느 정도 피해를 줄일 수 있었지만 그건 최유진에게 아무런 도움도 되지 못했다.

그녀는 그 일로 인해 2년여를 자숙 아닌 자숙 기간을 가지며 칩거를 하였다.

그렇게 자숙하는 기간 중 지금의 남편을 만나 위로를 받고 안정을 취하다 결혼을 하게 되었다.

최유진의 열성팬인 수현은 이러한 내용을 알고 있었기에 대성이 진성 토탈가드라는 경호 업체 명을 꺼내자마자 최유진이 경호를 거부한 이유를 짐작했다.

"유진 누나가 거부할 만도 했네!"

"그렇지, 나도 솔직히 사장님이 진성 토탈가드하고 계약을 한다고 했을 때 말리고 싶은 마음이 굴뚝같았지만 내가 무슨 힘이 있냐!"

대성은 말을 하면서도 목이 타는지 자신의 앞에 놓인 차가운 음료를 벌컥 들이켰다.

한편 수현은 대성의 이야기를 듣고 있다가 문득 그녀를 처음 만났을 때가 생각났다.

*　　*　　*

오전 11시.

"으윽!"

수현은 머리가 숙취로 인해 지끈거리자 머리를 감싸며 자리에서 일어났다.

머리가 울리는 듯한 통증에 얼굴을 찡그리며 침대에서 상체만 일으킨 상태에서 정신을 차리기 위해 고개를 흔들어 보았다.

하지만 그럴수록 뇌가 흔들리는 듯한 통증에 머리가 더욱 아파오자 다시 한 번 신음을 흘렸다.

“으, 제길!”

두통과 함께 속에서는 신물이 올라오는 듯한 구역질이 올라왔다.

덜컹!

침대를 내려와 방문을 열고 밖으로 나갔다.

거실 창으로 들어오는 환한 날씨에 시간이 꽤 흘렀다는 것을 깨달았다.

‘아버지, 어머니는 오늘도 일 가셨나보네!’

너무도 조용한 집안 분위기를 보아 부모님이 모두 일 나가셨다는 것을 알 수 있었다.

벌컥! 벌컥!

어제 휴가를 나와 선임들이 사준 술을 대책 없이 마시는 바람에 늦잠을 자고 말았다.

숙취로 인한 갈증 때문에 냉장고에서 물병을 꺼내 컵에 따르지도 않고 벌컥 벌컥 마셨다.

물병 하나를 다 마시고서야 어느 정도 갈증이 해갈이 되었고, 그것을 식탁에 내려놓고서야 식탁에 붙어 있는 작은 쪽지를 발견했다.

[아들! 북엇국 끓여놨으니 먹어. 그리고 먹고 싶은 것 있음 말해, 엄마가 일 갔다 와서 해줄게! 사랑해! — 엄마가.]

어머니가 일 나가기 전에 써 놓은 메모를 읽은 수현은 괜히 늦잠을 잔 것이 미안해졌다.

'엄마! 나도 사랑해요.'

메모를 다 읽은 수현은 가스레인지 위에 놓인 냄비를 확인했다.

그 안에는 어머니가 끓여놓은 북엇국이 있었다.

숙취에 도움이 되는 북어와 콩나물을 넣은 콩나물 북엇국이다.

가스레인지에 북엇국을 데우고, 냉장고에서 어제 자신이 휴가를 나온다고 어머니께서 장만하신 반찬들과 몇 가지 요리를 전자레인지에 넣어 데웠다.

쏴아!

달그락! 달그락!

늦은 아침을 먹은 수현은 자신이 먹은 밥그릇을 설거지를 하고 그것을 건조대에 엎어놓고는 잠시 뭘 할까 고민을 하였다.

보통 군인들이 첫 휴가는 나가면 친척집을 찾아 인사를

드린다거나 아니면 애인과 데이트를 한다고 하는데, 친척집에 인사를 가는 것은 주말인 내일 가기로 했고, 애인은… 얼마 전에 일방적인 이별 통보를 받았다.

뭐, 그렇다고 아쉬운 마음이 드는 것은 아니다.

이미 그 일은 담담한 마음으로 받아들였다.

그저 자신과 헤어졌지만 잘 되길 바랄 뿐이다.

이런 저런 생각을 해보지만 뚜렷하게 현재 자신이 할 만한 것이 떠오르지 않자 수현은 그냥 전에 다니던 도장에 가보기로 했다.

어차피 한 번은 인사를 가야 했기에 할 것도 없으니 그냥 오늘 인사를 가기로 했다.

도장에 가기로 마음을 정한 수현은 화장실로 가서 빠르게 양치를 하고 샤워를 하였다.

* * *

"그럼 전 이만 가보겠습니다."

"그래, 잘 들어가고 시간나면 운동하러 와라!"

스승인 관장 대웅의 배웅을 받으며 도장을 빠져나온 수현은 시계를 보았다.

오후 5시가 조금 넘는 시간이었다.

도장에 인사를 왔던 수현은 스승인 대웅에게 인사만 한

것이 아니라 할 것도 없기에 도장 한 쪽에서 몸도 풀고 오랜만에 아이들과 섞여 미트 차기도 하였다.

오랜만에 하는 운동이었지만 아이들 속에서 하다 보니 제 운동 보다는 아이들을 보는 시간이 많았다.

어차피 몇 달 전에는 자신이 가르치던 아이들이었기에 어색한 것은 없었다.

하지만 휴가를 나왔는데, 이곳에서만 있자니 뭔가 억울한 생각이 들어 그만 나온 것이다.

뚜르르! 뚜르르!

이렇게 길을 걷다 멍하니 뭘 할까 생각을 하고 있던 중, 호주머니에 넣어 두었던 휴대폰이 울렸다.

"여보세요."

— **하이! 정수현!**

수화기 너머에서 하이 톤의 업 된 목소리가 울렸다.

"누구세요?"

자신을 알고 있는 사람이었지만 발신자 표시에는 어떤 것도 나오지 않았기에 누군지 정체를 물었다.

— **이런, 내 목소리도 잊다니 이거 너무 섭섭한데!**

친근하게 자신을 부르는 목소리가 어디서 들어본 듯한 느낌이 들기는 했지만 어제까지 군대에 있던 수현이기에 조심스럽게 물었다.

"제가 어제 군대에서 휴가를 나와 잘 모르겠습니다. 누구

십니까?"

수현은 최대한 정중하게 물었다.

— **하하하! 야 야, 나야! 오대성!**

"아! 오대성이, 어떻게 내 전화번호는 알고 전화를 한 거냐?"

— **전화번호야 전에 네가 알려줬잖아.**

"아! 내가 그랬나? 그런데 내가 휴가를 나온 것은 어떻게 알았어? 참! 너도 휴가 나왔냐?"

수현은 대성의 전화를 받으며 고개를 갸웃거렸다.

자신의 전화번호야 자신이 전에 알려줬다고 하지만 휴가를 나와 전화기를 들고 다니는 것은 어떻게 알았는지 궁금해졌다.

더욱이 자신이 휴가를 나올 당시, 대성은 없었다.

그 말은 자신보다 먼저 휴가를 나갔다는 말이 되었다.

— **난 며칠 전에 나왔지!**

"그래? 나야 사고 때문에 신병 휴가를 나오지 못해 진급하자마자 휴가를 나왔다고 하지만, 넌 무슨 일로 나보다 일찍 휴가를 나온 거냐?"

신병 휴가가 있기에 보통 일병 진급을 하고 받는 정규 휴가는 보통 진급을 하고 3개월 정도 지나서 나오는 것이 일반적이었다.

그런데 신병 휴가도 갔다 왔던 대성이 진급을 하고 바로 또 몇 개월 되지 않아 휴가를 나온 것에 의아했다.

— 응, 할아버지 칠순 때문에 미리 나왔다.

"아! 그래, 축하한다."

— 그게 뭐 내가 축하받을 일이냐? 아무튼 너 내일 시간 있냐?

대성의 느닷없는 물음에, 수현은 헛웃음이 나왔다.

"뭐 어제 휴가 나왔으니 내일 시간을 내면 되는 것이지만, 밖에서도 널 보자고?"

수현은 농담 반, 진담 반을 담아 대답을 하였다.

그런 수현의 대답에 대성은 웃으며 이야기를 하였다.

— 하하! 나도 밖에서까지 널 보고 싶은 마음은 없었는데, 내말 안 들으면 후회할 텐데?

"후회? 내가 네 말을 듣지 않으면 무슨 후회할 일이 생긴다는 거야?"

수현은 대성의 협박에 웃으며 대꾸를 하였다.

— 너 전에 톱스타 최유진 왕팬이라며!

"최유진? 설마 내일 최유진을 만나게 해준다는 말이야?"

수현은 대성의 말에 눈을 동그랗게 뜨면 물었다.

논산 훈련소에서 기초 군사훈련을 받고 장성으로 내려가 후반기 주특기 교육을 받을 때 대성을 만났다.

논산 훈련소에 있을 때야 중대가 달라 대성을 알지 못했지만 후반기 교육을 받으면서 대성과 친해졌다.

원래 입담이 좋은 대성이라 그를 싫어하는 동기는 아무도 없었다.

특히나 대성이 영화 촬영을 하는 스탭이었다는 사실이 알려지면서 동기들은 물론이고 조교들도 수업 시간이면 그에게서 촬영장 이야기를 들으며 시간을 보낼 정도였다.

교육은 간단하게 끝내고 남는 시간에 대성에게서 듣는 연예계 이야기나 영화 촬영장에서 벌어지는 일들을 들을 때면 영화를 보는 것보다 더 흥미진진했다.

특히나 남자들 속에서 듣는 여배우의 베드 씬 이야기는 특히 압권이었다.

물론 과장이 섞이기는 했겠지만 그런 것은 군인들에게 상관이 없었다.

— 내일 유진 누나 둘째 딸 돌잔치 하거든!

"그래? 설마?"

— 그래, 네가 시간 내면 내가 그곳에 데려가주지.

대성은 수현의 말이 떨어지기 무섭게 대답을 하였다.

그런 대성의 대답을 들은 수현은 한동안 말을 하지 못했다.

너무도 흥분이 되어 심장이 두근거려 주체할 수가 없었다.

"그런 것이라면 시간을 내야지. 여왕님을 볼 수 있다는데!"

수현은 누가 최유진 팬 아니랄까봐 최유진을 애칭인 여왕님이라 불렀다.

— **어휴! 이 빠돌이 새끼! 아무튼 시간 낼 수 있다고?**

대성이 수현의 대답을 듣고는 작게 투덜거리더니 다시 물었다.

"그래, 내일 몇 시 어디로 가면 되냐?"

흥분되는 마음을 진정시키며 어디로 가면 되는지 물었다.

— **그럼 내일 강남 로안으로 와라.**

"로안?"

— **응 거기가 어디냐면…….**

대성은 로안이란 곳이 어디인지 설명을 하였는데, 대성이 말한 로안은 바로 회원제로 운영이 되는 고급 식당이었다.

회원제이기에 가격도 비싸고 또 개인 공간이 잘 갖춰져 있어서 식사를 할 때 다른 손님에게 방해를 받을 일이 거의 없어 연예인이나 상류층에서도 자주 찾는 곳이었다.

그런 곳을 최유진은 자식의 돌잔치를 치르기 위해 하루 임대를 한 것이다.

"알았다. 그럼 내일 거기서 보자!"

수현은 대성과 통화를 끝내고 자신도 모르게 파이팅 포즈를 취했다.

길거리에서 짧은 머리를 한 군인이 그런 모습을 하자 지나던 사람들은 잠시 멈춰 수현을 쳐다보다 고개를 갸웃 하고는 지나갔다.

하지만 다른 사람들이 자신을 어떻게 쳐다보든 수현은 관심이 없었다.

그저 그의 머릿속에는 내일 자신이 좋아하는 톱스타 최유진을 볼 수 있다는 것만이 가득했다.

*　　　*　　　*

"여기다!"

막 택시에서 내린 수현의 귀에 대성의 목소리가 들렸다.

목소리가 들리는 곳으로 고개를 돌리니 저 멀리서 자신을 향해 손을 흔드는 대성이 보였다.

"야 밖에서 보니 반갑다."

"그래 반갑다."

수현은 대성이 자신을 보며 안아오자 엉겁결에 마주 안았다.

"야, 그만 떨어져!"

"하하 장난이야! 안으로 들어가자!"

대성은 수현을 향해 미소를 지으며 앞장을 섰다.

앞장을 서서 걸어가는 대성의 뒤를 따르며 수현은 손에든 종이 가방을 조심스럽게 챙겼다.

그 안에는 최유진에게 줄 스크랩북과 돌을 맞은 그녀의 딸에게 줄 선물이 들어 있었다.

그는 저도 모르게 빨라진 걸음으로 대성이 음식점 안으로 들어가는 것을 따라 들어갔다.

안으로 들어가니 한복을 곱게 차려 입은 최유진이 품에 귀여운 아기를 안고서 손님들을 맞이하고 있었다.

"누나!"

대성은 빠른 걸음으로 최유진에게 다가가며 그녀를 불렀다.

"누나! 소진이 돌 축하해!"

최유진에게 다가간 대성은 듣기만 해도 기분이 좋을 것 같은 목소리로 축하 인사를 하였다.

"어머! 대성이 언제 휴가 나온 거야? 와줘서 고맙다."

친한 사람들에게만 둘째의 돌잔치 초대장을 돌렸다.

대성이 군대에 입대를 한 것을 알고 있었지만 정신이 없는 관계로 빼지 않고 그냥 보냈는데, 설마 진짜로 돌잔치에 올 줄은 그녀도 예상하지 못했다.

"하하 누구 돌잔치인데 내가 빠질 수야 없지!"

'허허!'

뒤에서 대성의 수작을 듣고 있던 수현은 기가 막혔다.

자신의 할아버지 칠순에 맞춰 휴가를 나왔으면서도 마치 최유진의 딸 돌잔치 때문에 휴가를 나온 것처럼 이야기하는 대성의 뻔뻔함에 놀랐다.

"이렇게 고마울 때가… 아무튼 와줘서 고맙다. 그런데?"

최유진은 대성의 옆에 서 있는 수현을 보며 물었다.

그런 최유진의 물음에 대성은 빙그레 미소를 지으며 대답을 하였다.

"아, 내 군대 동기인데, 누나 빠돌이야!"

대성은 비속어를 써가면서 수현을 소개했다.

그런 대성의 소개에 최유진은 눈을 동그랗게 뜨며 수현의 모습을 확인했다.

수현은 톱스타 최유진이 자신을 요모조모 살피자 자신도 모르게 얼굴이 붉어졌다.

"어머! 덩치 같지 않게 순진하네! 정말 대성이 네 말대로 내 빠돌이 맞나본데?"

최유진은 수현의 반응에 활짝 웃으며 말했다.

"정수현이라고 합니다. 조금 전에 대성이가 소개를 했던 것처럼 누나 엄청 좋아해요. 팬 카페에도 가입되어 있습니다."

너무도 좋아하는 스타인 최유진의 앞이라 그런지 수현은 덩치에 안 맞게 살짝 긴장을 하며 말했다.

"여기, 선물입니다."

수현은 들고 왔던 종이 백을 최유진에게 내밀었다.

자신의 앞에 선물을 내미는 수현의 모습에 잠시 머뭇거리던 최유진이 한 손으로 그것을 받아 살펴보았다.

"어머, 고마워요."

대답을 하면서 종이백 안을 살피던 최유진은 앨범과 인형이 들어 있는 것이 눈에 들어왔다.

"꺄! 꺄!"

갑자기 최유진의 품에 있던 아기가 소리를 지르기 시작했다.

"어머, 우리 소진이 왜 이렇게 보채?"

안고 있는 아기가 버둥거리니 한 손으로 안고 있던 최유진으로서는 힘이들어 아기를 달랬.

하지만 뭔가에 꽂힌 아기는 계속해서 뭔가를 달라는 듯 손을 뻗으며 발버둥 쳤다.

"누나! 소진이가 인형을 보고 그러는 것 같은데?"

옆에서 그 모습을 지켜보던 대성이 최유진에게 말을 하였다.

"그래?"

최유진은 대성의 말에 고개를 갸웃거리며 종이백에서 인형을 꺼냈다.

"소진아! 이것 갖고 싶어?"

마치 대화를 하듯 물으며 자신의 딸에게 인형을 내밀었다.

"꺄! 꺄!"

최유진이 인형을 들이 밀자 아기는 더욱 큰 소리로 소리쳤다.

"어머! 정말인가 보네! 어쩜!"

자신의 둘째 딸의 반응에 최유진은 뭐가 그리 좋은지 지금까지와는 비교가 되지 않을 정도로 환하게 웃으며 딸에게 인형을 안겼다.

한편 자신이 선물한 인형으로 인해 최유진과 그녀의 딸이 환하게 웃는 모습에 수현은 자신도 모르게 미소를 지었다.

선물을 하는 입장에서 그것을 받는 사람이 기뻐하는 모습을 보며 그것만큼 기분 좋은 일이 없다.

그런데 자신이 좋아하는 스타가 별거 아닌 자신의 선물에 저렇듯 좋아하는 모습을 보니 너무도 기뻤다.

서른 중반에 결혼을 하여 아이까지 둘이나 나은 유부녀였지만 최유진은 오히려 가정의 안정 때문인지 그 어느 때보다 더 아름다웠다.

그런 최유진을 보며 수현은 자신이 좋아하는 스타가 더욱 빛나는 것 같아 오늘 오기를 잘했다는 생각이 들었다.

딸의 밝은 미소를 보며 좋아하는 최유진과 자신이 선물한 인형을 받고 맑게 웃는 그녀의 딸을 보는 수현의 입가에는 저도 모르게 미소가 어렸다.

그렇게 두 사람의 밝은 모습에 미소를 짓고 있는 수현의 옆구리에 뭔가 작은 충격이 전해졌다.

툭!

"윽!"

옆구리에서 전해지는 충격에 고개를 돌리니 옆에서 대성이 의미심장한 미소를 짓고 있는 것이 보였다.

"왜?"

작은 목소리로 왜 때렸냐고 따져 묻는 수현에게 대성은 모든 것을 알고 있다는 듯한 미소를 지으며 작게 귓속말을 하였다.

"네 소원 하나 내가 들어준 거다. 나중에 너도 내 부탁 들어줘야 한다."

대성은 수현의 귀에 그렇게 귓속말을 건넸다.

그리고 대성의 말을 듣고서야 후반기 교육을 받을 때 했던 이야기가 생각이 났다.

대성이 사회에 있을 때 영화사 스탭으로 있으면서 많은 스타들과 친하게 지냈으며, 그중에서도 아시아의 요정을 넘어 아시아의 여왕으로 불리는 최유진과 누나 동생으로 불릴 정도로 친하다고 했을 때, 수현은 그게 사실이라면 자신이 소원을 들어주겠다고 호언장담을 했었다.

그도 그럴 것이 최유진의 팬 카페의 정회원인 수현은 자신의 우상인 최유진이 누군가와 의남매를 했다는 정보를 들은 기억이 없었기 때문이다.

그런데 그것을 기억하고 있었는지 대성이 오늘 그 이야기를 하는 것이다.

"알았다. 언제가 되었든 네가 부탁하는 것 하나 내가 꼭 들어준다."

수현은 대성의 귓속말에 그렇게 대답을 하며 최유진과 그녀의 품에 안겨서 웃고 있는 그녀의 딸을 보고 있었다.

"유진아! 축하해!"

"축하해!"

언제 왔는지 예전 최유진이 아이돌 데뷔를 했을 때, 함께 그룹 활동을 했던 멤버들이 다가와 그녀에게 축하 인사를 하였다.

"어머! 얘들아 고마워!"

최유진이 예전 멤버들과 인사를 주고받을 때 대성이 최유진에게 말을 하였다.

"누나! 우린 들어가 있을게!"

"그래, 대성아 와줘서 고마워! 그리고 수현이라고 했나?"

대성의 말에 최유진이 예전 친구들에게서 시선을 돌려 대성과 수현을 보았다.

"네!"

"그래 선물 고마워! 우리 소진이가 이렇게 선물 받고 좋아한 것은 정말 처음인데, 선물이 무척 마음에 들었나봐!"

유진의 말에 수현은 살짝 웃어 보이며 대성의 뒤를 따라 안으로 들어갔다.

*　　*　　*

“자냐?”

“응?”

수현은 군대 있을 때, 첫 정규휴가를 나갔다가 자신에게 있어서 사건이라면 사건이라 할 수 있었던 당시의 일을 생각하고 있다 대성의 큰 소리에 상념에서 깨어났다.

“뭘 그리 멍하니 물어도 대답을 않고 있냐?”

“아! 네가 유진 누나 이야기 하니 일병 휴가 나갔을 때 생각이 나서.”

대성의 질문에 자신이 생각하던 것을 이야기했다.

그러자 대성은 눈을 반짝이며 뭔가 기억이 났는지 미소를 지으며 말했다.

“후후, 그럼 내가 무슨 말을 하려는 것인지 알겠지?”

“응?”

뜬금없는 대성의 말에 고개를 갸웃했다.

“뭐?”

“뭐긴 뭐야! 군대 있을 때, 네가 그랬잖아! 유진 누나하고 내가 친한 것 증명하면 내 소원 들어주겠다고, 그리고 일병 휴가 때 내가 소진이 돌 때 너 데려가서 그것 증명했고. 아니야? 내말이 맞지?”

대성은 상체를 수현에게 들이밀며 윽박질렀다.

그런 대성의 모습에 수현은 진땀을 흘리며 머리를 뒤로 빼며 대답을 하였다.

"아아! 기억났다. 그러니 네 면상 좀 치워라!"

솔직히 대성의 얼굴은 못 생긴 것은 아니지만 평균보다 작은 키에 머리는 좀 큰 편이라 무척이나 부담스러운 얼굴이었다.

군대에서도 별명이 큰 바위 얼굴일 정도로 대두였기에 대성은 병장을 달기 전까진 선임들에게 큰 놀림을 받았었다.

대성도 자신의 방금 모습이 어떻다는 것은 알고 있지만 그것 보다는 수현에게서 확답을 받는 것이 중요했다.

"그래서 어떻게 할 거냐고. 할 거지?"

대성은 수현을 보며 최유진의 경호원이 될 것이냐고 다시 한 번 물었다.

한편 수현도 대성의 제안이 나쁘지 않았다.

그렇지 않아도 어제 체육관에서 잘리지 않았는가. 아직 부모님께 말씀을 드리지 않았지만 만약 자신이 직장을 그만두게 되었다는 것을 알게 된다면 속상해 할 것인데, 어떻게 말을 할까 고민을 하기도 했다.

다만 자신을 습격한 양아치들과 조폭이 무엇 때문에 자신을 공격한 것인지 알아보는 과정에서 채 생각을 마치지 못하고 여기까지 왔다.

그리고 조금 전까지만 해도 전 여자 친구인 선혜의 일이나 MK엔터의 사장이나 실장 등을 만났을 때 느꼈던 연예계의 부정적인 생각만 하면 비록 경호원이지만 연관이 되기가 싫었다.

하지만 경호할 대상이 자신의 우상인 최유진이라는 말에 수현은 조금 전까지 연예계에 부정적이던 감정은 어느새 잊혀졌다.

그리고 그녀가 복귀작으로 찍으려는 영화를 무사히 촬영할 수 있게 돕는 것이 자신의 사명처럼 느껴졌다.

'그래 여왕의 기사로서 당연히 지켜줘야지!'

수현이 속으로 결심을 하고 있을 때, 수현의 대답을 기다리던 대성은 눈가를 찡그렸다.

'저 빠돌이 새끼! 저거 넘어 왔네!'

대성은 수현의 표정만 봐도 지금 수현의 머릿속에 그려지는 그림이 떠올랐다.

아시아의 여왕이라 불리는 최유진의 일이라면 유독 집중을 하는 수현으로 인해 군대에서도 많은 일이 있었다.

그러니 지금 수현의 표정만으로 대성은 대답을 듣지 않아도 알 수 있었다.

하지만 짐작으로 알 수 있는 것과 입으로 대답을 듣는 것은 다른 문제였다.

그렇기에 대성은 확답을 듣기 위해 다시 한 번 물었다.

"그렇게 망상만 하지 말고 대답을 해! 할 거야? 말 거야?"

"알았다. 나라도 괜찮다면 할게!"

"그래? 그럼 그만 일어나자."

"응."

대성의 대답을 듣고 수현은 자리에서 일어났다.

테이블 위에 있던 음료도 다 마셨고 이야기도 할 만큼 했으니 그만 집으로 가려는 것이다.

하지만 밖으로 나온 수현이 지하철역으로 가려는데 대성이 수현을 붙잡았다.

"어디가? 우리 영화사 가야지!"

"뭐? 내가 거길 왜가?"

수현은 영화사 직원도 아닌데 자신이 영화사에 갈일이 뭐 있어 그곳으로 가자는 것인지 알 수가 없었다.

"임마! 유진 누나 경호한다며!"

"그래, 내가 한다고."

"그럼 영화사에 가서 우리 사장님 뵙고 또 유진 누나 만나 허락을 받아야지."

"아!"

수현은 대성의 말에 무엇 때문에 그가 자신의 영화사에 가자고 했는지 깨달았다.

최유진이란 이름 때문에 자신이 너무 흥분했다는 것을 그제야 깨닫고 수현은 너무도 창피했다.

'이런, 김칫국물을 사발로 들이켰네!'

수현은 자신이 너무 앞서갔다는 생각이 들었다.

너무도 부끄러운 생각에 얼굴이 붉어지긴 했지만 금방 표정을 바꾸었다.

"그럼 진작 이야기를 해야지! 네 말만 듣고 그냥 다 된 것인지 알았잖아!"

수현은 창피한 마음을 감추기 위해 오히려 큰소리를 치며 대성을 갈궜다.

그런 수현의 적반하장에 대성은 헛웃음을 지었다.

"허허……."

"뭐해? 어서 앞장서지 않고."

헛웃음을 짓는 대성에게 수현은 어서 앞장서라는 말을 하며 앞으로 걸었다.

"너, 우리 영화사가 어딘지는 알고 가는 거냐?"

앞서가는 수현의 뒤에서 대성은 큰 소리로 물었다.

"아니."

대성의 질문에 수현은 당연하다는 듯 아니라는 말을 하였다.

"와! 저 자식, 무지 뻔뻔해졌네!"

군대에 있을 때만해도 과묵하고 진중한 동기라 생각했던 수현의 새로운 모습을 본 대성은 그렇게 작게 중얼거리며 빠르게 걸었다.

Chapter 3

경호원이 되다

대명 필름.

대명 필름은 명품 조연 배우인 최대명이 말년에 세운 영화사다.

아역부터 시작하여 한평생 영화판에서 잔뼈가 굵은 그는 영화판의 불공정한 수익 구조를 개선하고자 평생을 모아온 재산을 투자하여 대명 필름이라는 영화사를 설립하였다.

물론 그 혼자만의 힘으로 대명 필름이라는 영화사가 만들어진 것은 아니다.

뜻 있는 배우나 감독들이 십시일반으로 투자를 하고, 그 대표로 최대명이 이름을 걸고 나선 것이다.

사실 설립 초기에는 부침도 많았다.

기존의 영화사나 권력을 잡고 있는 세력들의 견제가 이루 말 할 수 없을 정도로 집요했기 때문이다.

자본주의에서 돈을 투자한 쪽이 많은 돈을 벌어가는 것은 어찌 보면 당연했지만, 재주는 곰이 부리고 돈은 떼 놈이 챙긴다고, 영화를 찍은 감독이나 배우가 가져가는 것보다 투자자들이 대부분의 수익을 가져가는 현실에 반기를 들었으니 당연한 결과다.

하지만 영화인 협회나 배우 협회에서 대명 필름의 주장에 힘을 실어주면서 자본을 대는 투자자나 배급사들이 손을 들었다.

그도 그럴 것이 대립이 장기화되면 가장 손해를 보는 것은 다름 아닌 투자자나 배급사가 될 것이기 때문이다.

뭉치지 않았을 때야 배우나 감독들이 투자자나 배급사에 밀리겠지만, 이들은 언제든 새롭게 영화를 찍으며 손해를 만회할 수 있다.

하지만 이들이 영화를 찍지 않으면 투자자는 투자처를 잃을 것이고, 배급사는 극장을 놀려야 한다.

그 손해는 시간이 지날수록 천문학적으로 늘어날 것이니 결국 타협을 할 수밖에 없게 되었고, 대명 필름에 들어가던 압박은 줄어들었다.

물론 아주 풀려난 것은 아니다. 몇몇 투자자나 배급사에서는 처음 문제를 일으킨 대명 필름을 꺾어놓지 못한 것 때문에 제2, 제3의 대명 필름이 나온 것에 대한 보복으로 대명 필름이 하는 일에 번번이 딴지를 걸었다.

대명 필름의 투자 설명회가 원활하게 진행이 되지 않게 방해를 한다거나, 투자를 받아 영화를 제작했더라도 상영관의 숫자를 많이 내주지 않는 다는 등 다양한 방법으로 방해를 했다.

하지만 그럴수록 대명 필름의 사장인 최대명은 정면승부로 난관을 극복했다.

방해를 하면 할수록 최고의 시나리오와 최고의 감독과 배우를 동원해 관객이 보지 않고는 못 배길 그런 명품 영화를 찍었다.

그 때문에 이제는 투자자가 먼저 나서서 대명 필름이 영화를 찍으려고 투자 설명회를 가지려 하면 앞다퉈 투자를 하기에 이르렀다.

한데, 이번 영화는 참으로 어려웠다.

비록 시나리오의 내용이 민감해 압력을 받기는 했지만 이에 대비해 경호 업체와도 계약을 마쳤다.

국내 최고의 경호 업체인 진성 토탈가드와 계약을 했기에 어떤 위협에서도 안전할 수 있겠다 생각했는데, 하필 이번 영화의 히로인인 최유진이 이들의 경호를 거부했던 것이다.

뒤늦게 진성 토탈가드와 최유진의 관계를 알게 되면서 최대명이 뒷목을 잡기는 했지만 이제와 경호 업체를 변경하거나 여자 주인공을 변경할 수도 없었다.

이번 영화의 여주인공이 최유진이라는 것을 내세워서 투자자들에게 투자를 받았는데, 이제와 여주인공을 바꿔 버린다면 자칫 잘못하다가는 영화가 엎어질 수도 있었다.

촬영 날짜는 다가오고 여주인 최유진은 계속해서 경호를 거부하고 있으니 참으로 난감했다.

그렇다고 경호 업체를 이중으로 계약할 수는 없는 일 아니겠는가? 이중으로 계약을 했다가는 나중에 문제가 될 소지가 많았다.

더욱이 촬영 스탭과 출연 배우들의 안전을 위해서라지만 경호 비용은 결코 싼 것이 아니다.

투자자는 영화를 찍으라고 돈을 투자한 것이지 이들의 경호를 하라고 돈을 투자한 것이 아니기에 먼저 계약을 한 진성 토탈가드야 투자자도 출연진들의 안전과 원활한 영화 촬영을 위해 계약을 한 것이니 넘어가지만, 최유진을 위해 또 다른 경호 업체와 계약을 한다고 하면 반대를 할 것이 분명했다.

그러니 현재 최대명으로써는 진퇴양난의 상황이 아닐 수 없었다.

덜컹!

"사장님! 저 왔습니다."

대성은 문을 벌컥! 열고 안으로 들어갔다.

"이 자식아! 넌 점심 먹으러 간다는 놈이 지금이 몇 시야!"

한참 최유진의 경호 문제로 고민을 하고 있던 최대명은 갑자기 문을 벌컥 열고 들어오는 대성을 보며 버럭 소리쳤다.

"하하하! 사장님! 제가 사장님 고민 해결할 방법을 가지고 왔는데 그냥 갈까요?"

대성은 사장인 최대명을 보면서도 기죽지 않고 큰소리를 쳤다.

일반 사람 같으면 사장인 자신을 향해 말단 직원이 저렇게 까불면 한바탕 할 법도 한데 최대명은 그렇지 않았다.

"뭐? 이 자식이 그새 또 뻥만 늘어가지고, 네놈이 어떻게 내 고민을 해결해!"

오랜 무명과 조연으로 오랜 세월을 보냈던 최대명이기에 사람을 함부로 평가하지도 않고 또 직급이 낮다고 해서 무시하지도 않았다.

그저 막힘없는 입담으로 두루두루 관계를 맺으며 조율을 잘 하였기에 지금의 대명 필름의 대표 자리에까지 오르게 되었다.

그러니 말단 직원인 대성도 이렇게 편하게 대화를 할 수 있는 것이다.

"지금 유진 누나 경호 문제로 고민하고 있었잖아요."

대성은 보지 않아도 알고 있다는 듯 최대명이 고민하고 있는 것을 끄집어냈다.

"그래, 지금 고민이다. 하필 진성과 유진이가 그런 관계란 것을 까먹고 계약을 하는 바람에 지금 골치가 아프다, 아파!"

최대명은 정말로 머리가 아프다는 듯 인상을 쓰며 한쪽 이마를 붙잡았다.

그런 최대명의 모습에 대성은 자신의 뒤에 엉거주춤 서 있는 수현을 끌었다.

"사장님! 이 친구 어때요?"

"응? 누구냐?"

최대명은 자신의 고민을 해결해 주겠다고 떠들던 대성이 느닷없이 누군가를 데려와 자신에게 보이는 것에 의아해 물었다.

"예, 이 친구가 누구냐 하면, 제 군대 동기입니다."

"군대 동기?"

"네, 그런데 그냥 그런 친구가 아니라 엄청난 능력자에요."

"능력자?"

최대명은 갈수록 알 수 없는 말을 하는 대성이 의아하면서도 한편으로는 자신을 놀리는 것은 아닌가 하는 생각이 들었다.

그렇지 않은가, 자신이 골치를 앓고 있는 문제를 해결해 주겠다고 큰소리를 치던 것과 다르게 자신의 군대 동기를 데려왔으니 말이다. 만약 대성이 특전사와 같은 특수부대를 나왔다면 이해라도 하겠지만 그가 아는 대성은 특수병과이긴 하지만 특전사와는 전혀 연관이 없는 전차 부대 출신이다.

그러니 그 동기라면 같은 전차 부대 출신이 분명할 것인데 무슨 문제를 해결한다는 것인지 알 수가 없었기 때문이다.

“그렇다니까요. 웬만한 경호원 두세 명 몫은 혼자 할 수 있는 친굽니다.”

대성은 약간 과장을 섞어서 수현을 소개를 했다.

대성은 자신이 수현에 대해 과장을 하여 소개를 했다고 생각을 하겠지만, 사실은 아주 줄여서 말했다는 것은 물론 아무도 알지 못했다.

한편 대성이 자신의 친구를 경호원 두세 명 몫을 하는 사람이라고 소개를 한 것 때문에 조금 관심이 생긴 최대명은 수현의 모습을 살펴보았다.

비록 전문가는 아니지만 배우 생활과 또 영화사 대표로서 여러 분야의 사람들을 겪으면서 웬만한 인물에 대한 안목을 가지게 되었다.

그래서 수현에 대한 평가를 하기 위해 수현의 모습을 한 차례 살피던 최대명의 눈이 커졌다.

'이거 물건인데?'

언 듯 봐도 180㎝는 넘어 보이는 커다란 키에 균형 잡힌 몸매, 그리고 일단 마스크가 곱상한 꽃미남은 아니지만 짙은 눈썹과 오똑한 콧날, 그리고 꽉 다문 입술과 굵은 턱선 등 전체적으로 준수한 편이었다.

더욱이 최대명이 물건이라 느낀 것은 언뜻 보면 액션 영화에 어울릴 것 같은 분위기였지만 또 어떻게 보면 멜로 연기도 그려볼 만한 모습이었다.

"야! 배우 자리는 다 찼어! 지금 그게 문제가 아니잖아!"

영화사의 사장이고, 또 한평생 배우로 살아온 사람으로서 수현을 관찰하다보니, 최대명은 조금 전 대성이 한 말은 머릿속에 남아 있지 않고, 자연스럽게 수현을 배우로 보았다.

"그게 무슨 소리에요. 제가 배우를 뭐 하러 데려와서 사장님께 보여요. 이제 겨우 말단 촬영장 스탭으로써 일 배우기도 벅찬데 그런 것을……."

"응? 얘 배우 시키려고 데려온 것 아냐?"

최대명은 대성의 말에 눈을 동그랗게 뜨며 물었다.

"헐! 배우는 무슨 배우에요. 얘는 유진 누나 경호문제 때문에 고민하는 것 같아 데려온 경호원이에요."

"경호원?"

"예, 제가 전에 말씀드렸죠. 제 동기 중에 태권도 대회에 나가서 아깝게 2등한 친구 있다고."

대성은 군대에서 휴가를 나올 때면 이곳에 나와 일도 배우고 또 자신이 군대에서 경험한 것들을 이야기하곤 했다.

그리고 수현에 대한 이야기도 했다.

태권도 선수도 아니면서 쟁쟁한 전문 선수들을 이기고 커다란 대회에서 은메달을 딴 동기가 있다는 사실을 말이다.

당시 수현이 육군참모총장배 태권도 대회에서 은메달을 딴 것 때문에 부대에서는 난리도 아니었다.

국군 체육 부대도 아니고 사회에서도 아이들을 가르치는 생활 체육을 하던 일반 사병이 다른 대회도 아니고 육군참모총장의 이름을 걸고 하는 전국대회 급 규모를 가진 대회에서 입상을 한 것이다.

이는 그 병사를 지휘하는 지휘관들에게는 인사고과가 올라가는 소리나 마찬가지였다.

사단장배 대회까지는 그저 단순한 휴가증으로 끝날 일이, 육군참모총장배가 되면서 4박 5일짜리 포상이 아닌 정규 휴가에 버금가는 휴가증이 몇 장씩 쏟아졌다.

"생각해 보세요. 비록 태권도 대회라고 하지만 그 대회는 해병대에서도 나오고 특전사에서도, 그리고 국군 체육 부대에서도 선수들이 나와요. 뿐만 아니라 제가 알아보니 국가대표들도 나왔던 대회라고 했어요."

대성은 수현이 당시 나갔던 육군참모총장배 태권도 대회를 언급하며 장황하게 수현에 대한 설명을 하였다.

"이야기를 들어보니 오늘 아침에는 글쎄 조폭 사무실에 찾아가 깡패들을 작살을 냈다고 하던데요."

수현의 무용을 알리기 위해 대성은 조금 전 카페에서 들었던 이야기를 언급했다.

"뭐? 조폭?"

조폭이란 말에 최대명은 인상을 찡그리며 수현을 노려봤다.

혹시나 수현이 뛰어난 무력으로 어떤 조직에 속한 사람은 아닌가 의심을 하는 것이다.

그런 최대명의 낌세를 느꼈는지 대성이 얼른 수습을 하였다.

"아, 제가 설명을 드릴게요. 그게 어떻게 된 일인가 하면요."

수현을 만나 태권도 도장이 아닌 대낮에 압구정 거리에 나온 이유에 대해 들었던 대성이다.

대성은 그러한 이야기를 자세히 설명을 하였다.

옆에서 군대 동기가 자신에 대한 이야기를 하는 동안 수현은 너무도 뻘쭘해 시선을 위에 두며 안절부절하였다.

'이거 괜히 왔나?'

수현은 조금 후회가 되었다.

괜히 대성을 따라온 것은 아닌가 하는 생각마저 들었다.

"이 친구는 어제까지만 해도 태권도 사범으로 있었는데, 그곳 관장이 사정이 어려워 그만 두라고 해서 마지막 회식을 하고 집으로 돌아오는 길에 갑작스런 습격이 있었다고 하네요."

이런 저런 설명을 하던 대성은 수현을 잠시 돌아보다 다시 최대명에게 이야기를 하였다.

"그런데 조폭을 시킨 것이 바로 MK엔터 매니저라고 해요."

"뭐?"

최대명은 대성의 말에 눈이 커졌다.

일반인을 상대로 MK엔터의 매니저가 무엇 때문에 조폭을 동원해 테러를 한다는 말인가? 상식적으로 납득이 가지 않았기 때문이다.

"그게… 실은 사장님도 주얼스란 그룹 아시죠. 저번 백용 예술 대상에서 축하공연을 한 아이돌 그룹이요."

"응, 알지. 요즘 대세잖아!"

최대명도 주얼스란 여자 아이돌 그룹에 대한 알고 있는 듯 대답을 하였다.

"거기 선혜라고 가장 인기 있는 애가 있는데, 바로 걔가 문제에요."

"응, 그건 또 무슨 소리야?"

갈수록 황당한 소리에 최대명은 눈을 깜빡이며 물었다.

"개가 바로 여기 수현이 예전 애인인데, 군대 있을 때 연예인한다고 찼거든요. 그런데 뻔뻔하게 지 매니저에겐 수현이가 자신을 협박한다고 했다고 거짓말을 했는데, 그것을 매니저가 곧이곧대로 듣고 복수한다고 조폭에게 의뢰를 했다고 하더라고요."

"헐!"

"얌마! 그거 각서 쓰고 더 이상 언급 하지 않기로 했다고 했다니까!"

이야기를 가만히 듣고 있던 수현이 대성이 하나부터 열까지 모두 까발리자 소리쳤다.

"괜찮아 임마! 설마 사장님께서 어디 가서 그런 이야기 퍼뜨리고 다닐 분이시냐! 안 그래요, 사장님?"

수현과 대성이 이야기를 듣고 있던 최대명은 방금 전 대성이 한 말이 거짓이 아니란 것을 두 사람의 대화에서 느낄 수 있었다.

'설마 조폭 사무실에 혼자 쳐들어가 그들을 모두 제압을 했다고? 그게 사실이라면 최유진의 경호를 하는 것에 문제는 없을 것 같기는 한데…….'

심적으로는 그 말이 사실이면 괜찮기는 한데, 걱정이 되지 않는 것은 아니었다.

자신이 승낙을 한다고 해도 당사자인 최유진이 거절을 하면 어쩔 수 없었다.

"그게 사실이면 나야 고용하고 싶긴 한데, 유진이가 받아들여야지."

"그건 문제없어요. 누나도 얘 알고 있고 아마 누나도 이야기 들으면 승낙할 겁니다."

대성은 최대명이 넘어오자 얼른 나서서 대답을 하였다.

"그런데 만약 누나가 채용을 하면 월급은 얼마나 주실 겁니까?"

"월급?"

최대명은 갑자기 월급 이야기를 하다 잠시 머뭇거렸다.

그리고 그건 수현도 마찬가지였다.

돈 이야기가 나오니 최대명도 그리고 당사자인 수현도 긴장을 한 것이다.

*　　　*　　　*

"안 돼요. 그럴 수 없어요."

탁!

삼면이 거울로 뒤덮인 방. 아름다운 여인이 한 손에는 대본을 들고 열연을 하고 있었다.

하지만 무언가 마음에 들지 않는 것이 있었는지 대사를 하다 중단을 하고 한 손에 들고 있던 대본을 다시 들여다보았다.

"아이 씨! 왜 이리 안 되지?"

몇 번을 같은 부분에서 막히고 있어 무척이나 짜증이 났다.

"뭐가 문제야, 대체!"

진도가 나가지 않는 것 때문에 자신에게 화가 난 그녀는 너무도 답답했다.

이번 작품은 그 어느 때보다 중요한 작품이었다.

둘째를 임신하면서 연예계 활동을 거의 중단을 하고 무려 3년 만에 스크린에 복귀를 알리는 작품이기 때문이다.

중간에 CF를 찍으며 얼굴을 알리기는 했지만 연예인으로서 3년이나 작품 활동을 하지 않는다는 것은 웬만한 강심장을 가지지 않고는 하기 힘든 선택이다.

만약 아시아의 여왕이라 불리는 최유진이 아니었다면 아마 새롭게 등장하는 스타들에 밀려 잊혀질 수도 있었던 문제다.

다행히 투자자들이 최유진이 3년 만에 스크린에 복귀한다고 하자 앞 다투어 투자를 하였기에 다행이지 그렇지 않았다면 최유진은 복귀를 쉽게 결정하지 못했을 것이다.

그러니 그들의 선택이 틀리지 않았음을 알려주기 위해서라도, 또 한류 스타인 최유진이 아직 죽지 않았다는 것을 알리기 위해서라도 이번 작품은 무조건 흥행에 성공을 해야만 한다.

그녀는 그런 스트레스 때문에 현재 육아도 친정어머니에게 맡기고 아침부터 소속사에 나와 연습실에서 영화의 대본 연습을 하고 있었다.

하지만 연습은 제대로 되지 않았다.

연습에 몰입을 해야 함에도 최유진은 대본 연습에 몰입을 할 수가 없었다.

흉흉하게 들리는 이번 영화에 대한 소문과 또 그것을 막기 위해 대명 필름에서 고용한 경호 업체 때문이었다.

처음 경호 업체가 선정이 되었다고 할 때는 조금 안심이 되었는데, 업체 명을 듣고 그런 생각은 안드로메다로 날아가 버렸다.

다른 곳도 아니고 데뷔 10년이 넘어서 가진 자신의 단독 콘서트를 망쳐 버린 진성 토탈가드가 이번 영화에 안전을 책임질 보안 업체로 선정이 되었다고 했을 때는 솔직히 복귀고 뭐고 모두 포기하고 싶었다.

그렇지만 최유진은 끝내 그럴 수 없었다.

그도 그럴 것이 이번 영화 프로젝트를 진행하는 대명 필름의 최대명 대표는 최유진에게 은인이나 마찬가지인 사람이기 때문이다.

아이돌 스타로 인기몰이를 할 때 악의적인 루머로 인해 한 때 최유진은 연예계 은퇴를 고민한 적이 있었다.

아직 어린 나이에 스타가 되다보니 이곳저곳에서 그녀를 찾는 곳이 많았다.

특히나 멤버들 가운데서도 단연 돋보이는 미모를 가진 때문에 그녀는 다른 멤버들보다도 훨씬 바빴다.

그러다보니 본의 아니게 너무 지쳐 방송에서 조금은 불성실한 모습을 보일 때가 있었다.

하지만 그것은 최유진의 본의가 아닌, 정말로 너무 많은 스케줄 때문에 지쳐 카메라에 그렇게 보인 것뿐임에도 불구하고 악플러들은 최유진이 뜨고 나서 불성실해졌다며 루머를 퍼뜨렸다.

그리고 거기서 그치지 않고 일부러 루머를 크게 퍼뜨리기 위해 데뷔 초 열심히 하는 모습과 지쳐서 조금 다운된 방송 모습을 악의적으로 편집해 정말로 최유진이 태업을 하는 것처럼 보이게 만들었다.

불행은 혼자오지 않는다 했던가, 엎친 데 덮친 격으로 당시 최유진의 아버지가 뺑소니로 돌아가셨다.

다행히 CCTV와 주변에 있던 차량에서 블랙박스 영상이 남아 있어 범인을 잡을 수 있었지만, 안티들의 악플과 아버지의 비극적인 죽음으로 최유진은 연예계에 환멸을 느끼고 은퇴를 하려 하였다.

하지만 가장인 아버지의 갑작스런 죽음으로 집안의 가계를 책임질 사람이 자신뿐이란 생각에 억지로 참았다.

그렇지만 안티들의 집요한 공격에 하루하루 지쳐가고 있을 때, 대명 필름 최대명이 손을 내밀었다.

아이돌 스타로 간간히 드라마에 출연을 하기는 했지만 영화에서 배역 제안이 들어온 것은 처음이었다.

최유진은 한동안 방송을 쉬고 싶다는 생각에 소속사에 휴가를 요청한 상태였다.

집요한 안티들의 공격에 너무도 지쳤기 때문이다.

그렇지만 언제 인기가 떨어져 가격이 떨어질지 모르는 아이돌 그룹 멤버를 힘들다는 이유로 쉬게 할 수는 없는 소속사 입장에선 그녀의 요구를 들어주지 않았다.

만약 그녀가 소속된 기획사가 대형 연예 기획사였다면 그렇게 하지 않았겠지만 영세한 기획사다 보니 수입이라고는 그녀가 속한 아이돌 그룹 하나뿐이라 선택의 여지가 없었다.

그러던 찰나 최대명이 영화에 출연해 보지 않겠냐고 제안을 한 것이다.

처음 하는 영화 출연이라 힘들겠지만 그래도 매일 반복되는 스케줄이 아닌 영화 촬영 하나만 집중하면 되는 스케줄이었기에 최유진은 영화에 출연을 하였고, 그 영화가 대박이 났다.

비록 주연은 아니었지만 조연을 하면서 그녀는 모든 것을 내려놓고 열연을 하게 되었고, 그것이 빛을 발한 것이다.

그 뒤로도 대명 필름과 몇 번 영화를 함께 찍으면서 최유진은 아이돌 스타를 넘어 배우로서도 최고의 자리에 오르게 되었다.

그런 은혜를 입은 입장에서 감독이나 같이 호흡을 맞출 배우들과의 트러블이 아닌 경호 업체와의 트러블 때문에 하차를 한다는 것은 있을 수 없는 일이었다.

하지만 머리는 그것을 알고 있지만 마음은 그것을 인정할 수가 없었다.

그러니 연습을 해도 그게 진척이 나가지 않는 것이다.

똑똑!

누군가 노크를 하는 소리가 들렸다.

"뭐야!"

연습이 제대로 되지 않으니 대답도 좋게 나오지 않았다.

"언니! 죄송한데 사장님께서 잠시 사무실로 올라오시래요."

문을 열고 들어온 사람은 그녀의 매니저인 이소진이었다.

최유진의 연예계 복귀 때문에 회사에서 붙여준 매니저였다.

초보는 아니지만 자신보다 열 살이나 많은데다 한국은 물론이고 아시아에서도 비교되는 탑 여배우가 몇 명 없을 정도로 엄청난 존재인 최유진의 매니저를 하다 보니 기를 펴지 못하는 모습이다.

자신의 딸과 이름이 같기도 한 그녀에게 최유진은 인간적이고 친절하게 대했지만, 아직까지는 여전히 어려워하는 모습이 남아 있었다.

자신도 모르게 짜증을 냈다는 사실에 최유진은 언제 화를 냈냐는 듯 표정을 풀고 매니저를 보며 물었다.

"무슨 일인데 연습 중에 부르는 거지?"

"대명 필름에서 손님이 온 것 같던데요."

"그래? 알았어."

최유진은 잡념 때문에 집중이 흐트러져 연습도 제대로 안 되는 상태라 사장이 자신을 찾는다는 소리에 연습을 중단하고 사장실로 향했다.

"그런데 무슨 일로 대명에서 찾아온 거야? 뭔가 들은 이야기 없어?"

복도를 걸으며 최유진은 이소진에게 물었다.

"저도 무슨 이유에서 온 것인지는 모르겠지만 함께 온 젊은 남자들이 있는 것으로 봐선 언니 경호 문제가 아닐까 싶은데요?"

이소진은 최유진을 찾기 전 언뜻 들은 것이 있어 자신의 생각을 말했다.

그런 이소진의 대답을 들은 최유진의 표정이 굳어졌다.

경호 문제라면 자신이 거절을 했던 것인데, 아무리 최대명 사장이 자신의 은인이라고는 하지만 그 문제만큼은 양보

할 생각이 없었다.

그리고 최유진은 자신의 안전을 위해 따로 경호원을 알아보는 상황이니 사장실에서 최대명을 보게 된다면 이 문제를 확실하게 짚고 넘어가야겠다는 결심을 하였다.

* * *

똑! 똑!

"최유진이에요. 들어갑니다."

사장실 앞에서 노크를 한 최유진은 그렇게 말을 하고는 안으로 들어갔다.

사장의 비서가 안에 알리려 하였지만 마음이 급한 최유진이 그냥 자신이 하겠다고 하고는 들어간 것이다.

"어서 와라!"

안으로 들어오는 최유진을 맞은 사람은 이곳 킹덤 엔터테인먼트 대표인 이재명 사장이었다.

"무슨 일로 절 부르신 것이에요?"

이미 짐작을 하고 있으면서도 최유진은 이재명에게 물었다.

"일단 최대명 선배님께 인사부터 해야지."

이재명은 대명 필름의 최대명 사장을 선배님이라 부르며 최유진에게 말했다.

"선배님, 안녕하셨어요."

최유진은 그때서야 최대명을 봤다는 듯 인사를 하였다.

물론 그건 자신과 악연이 있는 진성 토탈가드의 경호원을 계속해서 자신에게 붙이려는 최대명에게 하는 작은 투정이었다.

그것을 잘 알고 있는 최대명은 최유진을 보며 작게 미소를 지었다.

아무리 최유진이 아시아의 여왕이라 불리는 대스타였지만 그가 보기에는 아직도 철없는 막내 동생이나 이제 막 사회에 발을 들인 딸처럼 느껴졌기 때문이다.

실제로도 최대명과 최유진의 나이는 무려 30살이나 차이가 났다.

"허허, 유진이는 날로 예뻐지는 것 같아!"

"에이, 무슨……."

최유진은 예뻐진다는 최대명의 말에 잠시 할 말을 잊고 새침해졌다.

"그런데 어쩐 일이세요? 설마 또 진성의 경호원을 저에게 붙이시려는 것은 아니시겠죠?"

아무리 최대명과 가깝게 지낸다고 해도 그것만은 들어줄 수 없었다.

그랬기에 이번에는 처음부터 단호하게 나가기로 했다.

"아, 경호원을 붙이는 것은 맡는데, 진성의 경호원은 아니야!"

최대명은 최유진의 반응에 자신이 찾아온 용건을 말했다.

"진성이 아니라고요?"

"진성이 아니면 어느 업체의 경호원입니까?"

먼저 물어본 것은 최유진이었고, 두 번째 질문을 한 사람은 최유진의 사장인 이재명이었다.

최유진은 자신에게 붙을 경호원이 진성이 아니란 것에 다행이란 생각에 물어본 것이고, 두 번째 이재명이 물어본 것은 믿을 수 있는 사람인가 싶은 마음에 하는 질문이었다.

"응, 이 사람은 전명 경호원은 아니지만 그만한 능력이 있는 사람이란 것을 내가 보장을 하지. 그리고 유진이 너도 알고 있는 사람이라고 하던데?"

"네? 제가 알고 있는 사람이라고요? 누구지?"

최유진은 최대명의 말에 고개를 갸웃거렸다.

그러면서 최대명 옆에 조용히 앉아 있는 짧은 머리의 사내를 지긋이 쳐다보았다.

그런데 자신이 쳐다보자 얼굴을 붉히는 남자의 모습에 최유진은 뭔가 생각이 날 듯 날 듯 하면서도 생각이 나지 않자 미간을 찌푸렸다.

이것은 그녀가 뭔가 고민을 할 때 하는 버릇인데, 그것을 본 이재명도 최대명과 함께 온 남자를 다시 한 번 자세히 쳐다보았다.

"오랜만에 뵙습니다. 정수현입니다. 재작년 소진이 돌잔치 때 대성이랑 함께 봤습니다."

"아!"

최유진은 수현이 자신을 소개하자 그제야 기억이 났는지 감탄성을 질렀다.

"정말 오랜만이네! 우리 소진이가 그 인형을 얼마나 좋아하는지 지금도 그 인형을 품에서 놓지 않는다니까!"

정말로 수현이 반가운지 조금 전까지만 해도 살짝 짜증이 묻어나던 그녀의 얼굴에서 그런 모습은 확 가시고 밝은 미소가 어렸다.

"유진아! 정말 알고 있는 사이야?"

이재명은 최유진의 너무도 갑작스러운 반응에 물었다.

"내, 제 기사 중 한 명이에요."

최유진은 수현을 보며 한차례 빙그레 미소를 보이고 이재명에게 말했다.

"엥? 기사 무슨 기사?"

느닷없는 최유진의 말에 이재명은 물론이고 최대명까지 벙 찐 얼굴로 물었다.

"제가 유진 누나 팬 카페인 여왕의 기사단 정회원이거든요."

수현은 조용히 대화를 듣고 있다 최유진의 말에 끼어들 수밖에 없었다.

"아!"

이재명은 수현의 대답에 최유진이 무슨 이유로 그런 말을 한 것인지 알게 되었다.

"그럼 이야기하기 편하겠네!"

최유진이 수현에 대해 이미 알고 있는 사이라면 경호원으로 붙이는 것에 어려움이 없어 보였다.

최대명은 그래서 수현에 대해 대성에게 들었던 이야기를 간략하게 설명하고 최유진의 의사를 물었다.

"어머! 그게 정말이야? 덩치가 있어서 운동을 했을 것이라고는 짐작은 했었지만 그렇게 큰 대회에서 은메달을 따다니 정말 대단하다."

대스타로써 노래나 자신이 출연한 드라마와 영화를 홍보하기 위해 많은 예능에 나갔던 최유진이다.

그러다 보니 각계각층의 많은 사람들을 만나 보았던 최유진이고, 그중에는 운동선수도 많았고, 또 이종격투기 선수도 보았다.

하지만 그 누구도 수현과 같은 분위기를 가진 사람은 없었다.

언뜻 보기에는 푸근해 보이기도 하지만, 또 어떻게 보면 무척이나 날카롭고 또 위압감이 느껴지는 그런 사람은 좀처럼 찾아보기 힘들었다.

방송에 나올 정도의 운동선수라면 그 종목에서 특출난 능력을 가진 능력자들이다.

그렇지만 그들에게선 어떤 투쟁심이나 그런 투기 같은 것만 느꼈지, 수현처럼 주변에 안정감을 주는 그런 느낌을 주는 사람은 없었다.

그러니 최유진으로서는 수현이, 그것도 자신을 좋아해 주는 팬이 가까운 곳에서 경호를 해준다면 좋겠다는 생각이 들었다.

"좋아요. 제 경호원이 수현이라면 받아들이겠어요."

"유진이는 좋다고 하는데, 이재명 사장은 어떻게 생각해?"

유진이 승낙을 하자 최대명은 이재명 사장을 보면서 물었다.

그리고 이재명 사장도 어차피 경호원으로 수현을 쓰는 사람은 최유진이었기에 그녀가 허락한 사항에 자신이 거부할 이유는 없었다.

그렇지 않아도 이번 영화가 조금 문제가 있어 경호원의 필요성을 느끼고 있는 상태에서 소속사 연예인 중 최고의 비중을 차지하고 있는 최유진의 안전은 무엇보다 중요했다.

그런데 국내 최고의 경호 업체 중 하나인 진성 토탈가드와 트러블이 있는 상황이라 참으로 난감했다.

어떻게 경호원을 붙인다 해도 영화 촬영에 들어가면 분명 문제가 발생할 것이다.

영화 촬영 스케줄 기간 동안 촬영장 전체의 보안은 물론이고 출연 배우들의 안전까지 책임지기로 한 진성 토탈가드의 경호원들과 최유진이 고용한 경호원간의 알력이 분명 있을 것이고, 한 번은 충돌을 할 것이란 생각에 이재명은 진성의 경호원에 버금가는, 아니면 좀 더 능력이 있는 경호원을 붙이려 했다.

그래야 촬영 내내 최유진이 마음 편하게 촬영에 임할 수 있기 때문이다.

하지만 문제는 다른 것이 아니라 진성의 경호원들은 모두 특전사나 해병대와 같은 특수부대 출신들이라는 것이다.

다른 경호 업체들이 대학의 경호학과를 나온 이들을 채용하는데 반해 진성은 100% 특수부대 출신의 베테랑 군인들을 채용했기에 경호 업계에서는 최고로 쳐주고 있는 상태다.

그러니 그들 사이에서 기를 펼 수 있는 경호원은 많지 않았다.

하지만 그런 경호원들은 대기업 이사급 이상의 경호원으로 모두 빠져나간 상태다.

그런 관계로 최유진의 경호원을 구하는 일은 무척이나 힘들었다.

그러던 찰나 수현이 나타난 것이다.

비록 전문 경호원 훈련을 받은 사람은 아니지만 개인 능력은 어느 누구에게도 뒤지지 않아 보였다.

더욱이 특수부대원들도 출전하는 육군참모총장배 태권도 대회에서 모두를 물리치고 은메달을 목에 건 사람이다.

물론 1등인 금메달을 땄다면 더욱 좋았겠지만 그래도 2등이 아닌가. 거기에 언뜻 봐도 수현이 누군가에 기가 눌릴 사람으로 보이지 않는다는 것이 합격점을 주었다.

“좋아! 그럼 언제부터 일을 할 수 있나?”

이재명은 단도직입적으로 수현을 보며 물었다.

“현재 하는 일이 없으니 언제라도 상관없습니다.”

수현은 이재명의 질문에 대명 필름에서 최대명에게 이야기 했던 것처럼 언제라도 상관없다는 대답을 하였다.

그런 수현의 대답에 이재명은 잠시 최유진을 쳐다보았다.

“그럼 내일부터 하는 것이 어때요?”

최유진은 이재명과 최대명을 보며 이야기했다.

오늘은 시간상 어쩔 수 없으니 내일부터 경호를 하는 것이 어떻겠냐는 말이었다.

“저… 그런데 전 소속이 어떻게 되는 것입니까?”

수현은 자신이 최유진의 경호원으로 낙점이 되었다는 생각이 들자 물어보지 않을 수가 없었다.

처음 길을 가다 군대 동기인 대성을 만났다.

그리고 오랜만에 본 관계로 카페에서 이런저런 이야기를 하다가 경호원으로 일하게 된 것이다.

하지만 처음 대성과 간 곳은 대명 필름이었는데, 최유진의 허락이 있어야 한다는 이야기에 이곳 킹덤 엔터테인먼트까지 오게 되었다.

그러다보니 수현은 자신의 소속이 어디인지 헛갈리게 된 것이다.

"그렇지! 어떻게 하겠나? 대명으로 할까? 아니면……."

최대명은 이재명을 보며 물었다.

그의 입장에서는 어느 곳에 소속이 되던 상관이 없었다.

그저 이번 영화의 여자 주인공인 최유진이 촬영이 끝날 때까지 무사히 경호를 할 수 있다면 자신이 데리고 있건 아니면 이재명의 밑에 있건 상관없는 일이기 때문이다.

"그냥 제가 개인적으로 고용하는 것으로 할게요."

이때 최유진이 먼저 나서서 이야기를 하였다.

하지만 곧 이재명이 그 말을 끊었다.

"그럴 수는 없지. 소속이 있는 연예인이 개인적으로 경호원을 고용한다는 것이 기자들에게 어떻게 받아들이게 되는지 몰라서 그러는 거냐? 혹시 유진이 너 내가 뭐 섭섭하게 해준 것 있냐?"

이재명은 최유진을 보며 물었다.

"아! 그런 것 아닌데, 괜히 나 때문에 회사에 부담을 주는 것 같아서……."

"그래, 그럼 그런 생각하지 말고, 정수현이라고 했지?"

"예."

"그럼 일단 영화 촬영이 들어가는 6개월 단기로 유진이의 경호원으로 계약을 하고, 계약 기간이 끝나면 합의 하에 기간을 연장을 하던 아니면 종료를 하는 것으로 하는 것이 어떤가?"

이미 최유진이 수현을 자신의 경호원으로 낙점을 한 상태에서 그녀의 소속사 사장으로서 어떻게 하는 것이 최고의 이득인지 머릿속으로 계산을 한 이재명은 그렇게 수현에게 자신이 생각한 계약 내용을 설명했다.

"금액은 계약금 500만원에 기본급 월 300만원+@로 하고 6개월 어떤가?"

이재명은 개인 경호원으로써 결코 나쁘지 않은 조건을 내걸었다.

한편 수현은 이재명이 이야기 하는 계약 내용을 듣고 놀랐다. 자신이 생각했던 것보다 훨신 좋은 조건이었기 때문이다.

*　　　*　　　*

원만하게 계약이 진행이 되자 최유진은 조금 전 대본 연습을 하던 연습실로 내려갔다.

그리고 대명 필름의 최대명도 굳이 자신이 남아 있을 필요가 없기에 돌아갔다.

"이의가 없다면 여기에 사인을 하면 되네!"

이재명은 비서가 작성해 온 계약서를 수현에게 주며 그가 사인할 곳을 짚어주었다.

계약서를 넘겨받은 수현은 계약서의 내용을 꼼꼼히 살펴보았다.

말로만 듣고 바로 사인을 했다가 괜히 나중에 이야기와 다르다고 하소연을 해봐도 이미 사인을 한 상태에서는 법적 보호를 받을 수 없다는 것을 많이 들어서 사인을 하기 전 계약서를 살피는 것이다.

그런 수현의 모습에 이재명은 눈을 반짝였다.

아직 어려 보이는 수현이 계약서를 살피는 것만 봐도 그의 성격을 알 수 있었다.

'꼼꼼한 성격인 것 같으니 조금은 안심이 되는군!'

하나를 보면 열을 알 수 있다고 했다.

수현이 계약서를 살피는 모습만으로도 이재명은 큰 점수를 주었다.

"혹시 운전은 할 줄 아나?"

"예, 할 줄 압니다."

수현은 아직 시간이 없어 운전면허를 취득하지 않은 상태다.

하지만 사회생활을 하면서 운전면허는 필수란 것을 깨달

고 기회가 되면 딸 생각이었기에 일단 질러보기로 하였다.

어차피 자신에게는 운전면허는 없지만 만능 키인 보너스 포인트가 남아 있지 않은가? 필요하다면 포인트를 사용해 운전을 배울 생각까지 하고 있었다.

"운전은 유진이 매니저인 이소진 씨가 할 것이지만 혹시나 급할 땐 수현 씨가 해야 할 때도 있을 것 같아서 물어본 것이네."

"잘 알겠습니다."

이재명은 수현을 최유진의 개인 경호원으로 계약을 하기는 했지만 모든 것을 수현에게만 맡겨둘 생각은 없었다.

킹덤 엔터가 구멍가게도 아니고, 자체적으로 소속 연예인에 대한 경호팀이 있었다.

다만 대명 필름에서 계약한 진성과 급을 맞추려니 그들을 붙이지 못했던 것이지 수현이 있으니 보조로 또 한 명의 경호원을 붙인다면 영화 촬영이 끝날 때까지 빈틈없이 최유진의 안전을 보장할 수 있을 것이라 생각했다.

"그리고 회사 소속 경호원도 한 명 더 붙을 것이니 함께 우리 유진 잘 좀 부탁하네!"

"네! 무슨 말씀인지 잘 알겠습니다."

수현은 이재명이 하는 말을 듣고 대답을 하였지만 그 말을 곧이 곧대로 듣지는 않았다.

사실 수현이 자신의 회사 소속 직원도 아닌데 어떻게 믿고 신뢰를 하겠는가, 아마 붙여준다는 경호원은 방금 전 한 말도 맞겠지만 또 다른 숨은 임무는 아마도 자신이 제대로 일을 하는지 감시를 하는 일일 것이다.

그러한 것을 알면서도 수현은 계약을 하였다. 6개월 단기 아르바이트였지만 계약금과 기본급만 해도 2천만 원이 넘어가는 일이었다. 게다가 최유진을 위한 일이 아닌가. 그러니 그런 것들을 모두 감내할 결심이 되었다.

'6개월 간 빡세게 일해보자!'

태권도 체육관에 들어 간 지 한 달 만에 그만둔 처지에 6개월이나 일자리가 생겼다.

더욱이 보너스 수당이 아니더라도 기본급과 계약금만 해도 2,300만 원이다.

태권도 사범으로는 적어도 2년차 이상 숙달된 사범의 연봉이었다.

즉, 수현이 그 정도 돈을 벌려면 2년은 더 고생을 한 뒤에나 받아볼 계약서란 소리다.

더욱이 일을 열심히 하면 +@로 기본 수당 외의 보너스도 계약서에 적혀 있으니 전혀 불만이 없었다.

빠르게 자신이 서명할 곳에 이름과 사인을 기입했다.

계약서는 이재명과 수현이 한 장씩 나눠가졌다.

"잘 부탁하네!"

계약서에 사인을 마치자 그것을 넘겨받은 이재명도 그 밑에 사인을 하고 손을 내밀었다.

원만하게 계약이 성립이 된 것을 기념하고 또 앞으로 계약 기간 동안 잘 부탁한다는 의미에서 내민 악수였다.

수현도 그러한 뜻을 알아듣고 이재명 사장이 내민 손을 잡고 악수를 하였다.

"그럼 내일 몇 시까지 나오면 되겠습니까?"

"음, 일단 내일 아침 9시까지 여기로 나오게!"

"알겠습니다."

"아! 잠시만 기다리게!"

이재명은 막 인사를 마치고 자리에서 일어나는 수현을 붙잡았다.

계약과 할 말을 끝냈으니 돌려보내려다 문득 생각난 것이 있어 수현을 붙잡은 것이다.

"아직 유진이의 매니저를 보지 못했으니 일단 가기 전에 유진이 매니저를 보고 가게."

"알겠습니다."

수현이 생각하기에도 내일 아침에 급히 만나는 것 보단 미리 만나 대충 자신이 경호를 할 최유진의 스케줄을 들어 두는 것이 편할 것 같았다.

잠시 뒤 최유진의 매니저가 사무실로 들어왔다.

"부르셨습니까?"

이소진은 사장의 호출에 급히 달려와 잠시 호흡이 흐트러졌지만 금방 호흡을 정리하고 인사를 하였다.

"인사하지."

이재명은 자신의 옆에 있는 수현을 이소진에게 소개하였다.

"정수현입니다. 내일부터 최유진 씨 경호원으로 일하게 되었습니다."

수현은 이소진을 향해 정중하게 인사를 하였다.

한편 사장의 부름에 급히 달려온 이소진은 자신의 담당인 최유진을 경호하기로 했다는 수현을 자세히 살폈다.

자신보다 머리 하나는 더 있어 보이는 커다란 덩치에 미세 근육이 오밀조밀하게 갈라져 있는 팔뚝을 보며 수현이 상당한 수련을 한 사람임을 알 수 있었다.

"이소진이라고 합니다. 최유진 씨 매니저입니다."

이소진은 자신을 간단하게 소개를 하고 사장인 이재명을 쳐다보았다.

"앞으로 6개월간 함께 일할 것이니 유진이 스케줄에 대해 자세히 설명을 해줘."

"알겠습니다. 더 지시할 것이 없으면 그만 나가서 이야기하겠습니다."

"그렇게 하도록 해. 그럼 정수현 씨, 다시 한 번 잘 부탁드립니다."

"예, 잘 알겠습니다."

수현은 대답을 하고 먼저 밖으로 나가는 이소진을 따라 사무실을 나갔다.

밖으로 나온 이소진은 수현을 데리고 3층에 있는 매니저 대기실로 갔다.

킹덤 엔터테인먼트 소속 매니저들 대부분이 담당 연예인들과 함께 스케줄을 나갔기에 회사 내에는 매니저 대기실을 사용하는 사람이 없어 편하게 이야기를 할 수 있었다.

그곳에서 수현은 앞으로 경호를 해야 하는 최유진의 일주일 스케줄 내용을 설명을 들었다.

"그리고 경호를 하실 때… 그 복장으로 하실 건가요?"

이소진은 혹시나 싶은 마음에 물었다.

"아닙니다. 톱스타인 최유진 씨 경호를 하는 일인데 이런 복장으로 할 수는 없죠."

"예, 일단 경호하실 때 필요한 장비는 없을 테니, 일단 회사에 있는 것을 사용하는 것으로 하고, 그럼 내일 뵙겠습니다."

이야기를 마친 이소진은 수현에게 정중하게 인사를 하였다.

"예, 그럼 내일 뵙겠습니다."

수현도 더 이상 그곳에 있을 이유가 없기에 자리에서 일어나 인사를 하고 킹덤 엔터를 나왔다.

킹덤 엔터를 나오니 어느새 시간은 많이 흘러 해가 떨어져 밤이 되어 있었다.

느긋하게 거리를 걸으며 문득 자신에게 이런 기회를 준 대성에게 감사 인사를 해야 할 것 같아 전화를 걸었다.

뚜루루!

"여보세요. 대성이냐?"

신호가 간 지 얼마 되지 않아 대성이 전화를 받았다.

한참 이런 저런 이야기를 하다 술 이야기가 나왔다.

"오늘 네 덕에 6개월 단기이긴 하지만 일자리 구했다. 고맙다."

— 어어! 잘 됐다. 나 지금 바빠서 그런데 다음에 다시 통화하자!

감사 전화를 한 것인데 대성이 말하는 것을 들어보니 자신이 때를 잘못 잡은 것 같았다.

"알았다. 아무튼 고맙고 다음에 기회 되면 내가 술 한 잔 살께!"

— 그래, 다음에 보자!

고마운 마음에 술이라도 살까 했는데 사정이 되지 않는 것 같아 다음 기회를 노리기로 하고 발걸음을 놀려 지하철역으로 향했다.

어제오늘 참으로 폭풍과도 같은 격변을 겪었다.

느닷없는 해고와 양아치들의 습격, 그리고 그 뒤에 있는 조직폭력배와 자신의 테러를 의뢰한 옛 애인과 그 소속사, 그 문제를 해결하고 나오던 길에 우연히 만난 군대 동기와 그로 인해 우상인 최유진의 개인 경호원이 된 일까지, 수현에게는 참으로 변화무쌍한 이틀이 아닐 수 없었다.

더욱이 합의금으로 받은 1천만 원에, 경호원 계약을 하면서 오늘 하루만 1,500만원을 벌었다.

수현은 괜히 자신이 뭐라도 된 것만 같았다.

Chapter 4

알력

검정색 대형 밴 한 대가 도로 위를 달리고 있었다.

연예인들이 많이 이용하는 이 대형 밴은 넓은 실내 공간과 각종 부대 시설로 인해 바쁜 연예인들에게는 집이나 마찬가지다.

집처럼 편안한 승차감을 모토로 제작되었기에 피곤한 연예인은 물론이고 이를 운전하는 운전자, 그리고 보조석에 타고 있는 동승자까지도 그 편안함을 느낄 수 있다.

수현은 최고 스타 최유진의 경호원이 되면서 그녀의 전용 차량인 스타크루즈 밴의 보조석에 앉아 그 승차감을 온몸으로 느꼈다.

경호원이 된 지 벌써 한 달이 되었지만, 이전에는 한 번도 이런 고급 차를 타본 적이 없었기에 탈 때마다 참으로 편하다 생각하였다.

다만 이런 대형 밴의 차량 유지비가 일반 승용차에 비해 엄청나다는 소리를 듣고 나중에 돈을 벌게 되면 사야겠다는 생각을 접었다.

"언니! 도착했어요."

차는 어느새 남양주 세트장에 도착을 했다.

드라마나 영화 제작을 위해 만들어진 종합 세트장이었는데, 최유진이 출연하는 영화의 대부분은 이곳 남양주 세트장에서 촬영을 하기로 계획이 되어 있었다.

최유진은 매니저인 이소진의 말에 보고 있던 대본을 내려놓고 내릴 준비를 하였고, 그 사이 수현은 다른 사람보다 먼저 내려 혹시나 있을 일에 대비를 하였다.

"어디로 가면 되지?"

"B동 A—3으로 가시면 되요."

"그래."

가야 할 곳에 대한 정보를 들은 수현은 걸으면서 주변을 살폈다.

지난 한 달간은 그저 최유진의 집과 소속사인 킹덤 엔터를 주로 다녔다.

그밖에 최유진이 아이들과 쇼핑을 할 때 외에는 사실 수현이 할 일은 별로 없었다.
하지만 오늘부터 영화 촬영이 본격적으로 들어가기에 지금까지와는 다르게 바짝 긴장을 해야 했다.
"어떻게 오셨습니까?"
막 자신들의 목적지인 B동에 도착을 해서 들어가려는데, 입구를 지키고 있던 검은 양복의 사내들이 최유진과 수현 등의 출입을 막았다.
분명 최유진을 알아 봤을 것임에도 그들은 그녀의 앞을 막은 것이다.
"오늘 촬영을 하기 위해 왔습니다."
가로막는 그들에게 수현이 나서서 대답을 하였다.
"그쪽이 촬영을 한다고요?"
사내들 중 한 명이 체크리스트를 들어 보이며 물었다.
'뭐야! 이것들!'
수현은 사내의 행동에 인상을 살짝 구겼다.
딱 봐도 그들이 무엇 때문에 그러는 것인지 알 수 있었기 때문이다.
"당신들 뭐야? 내가 누군지 몰라서 내 앞을 막는 거야?!"
사내들의 같잖은 수작에 수현이 나서기도 전에 최유진이 고함을 질렀다.
하지만 사내들은 최유진의 큰소리에도 그녀를 살짝 보고

는 그저 자신들이 들고 있는 체크리스트를 확인하였다.

수현은 그런 사내들의 모습에 최유진이 더 반응을 하기 전에 앞으로 나서서 그들이 보고 있는 체크리스트를 붙잡았다.

"뭐야!"

수현이 자신들이 보고 있는 체크리스트를 붙잡자 이를 들고 있던 사내가 소리쳤고, 그 옆에 있던 사내는 옆구리에 차고 있던 진압봉을 꺼내들었다.

"여기 있군요."

그들이 그러거나 말거나 수현은 자신과 최유진 그리고 그녀의 매니저인 이소진의 사진이 나와 있는 페이지를 원래 주인에게 보여주며 넘겼다.

갑작스런 수현의 행동에 잠시 자신에게 돌아온 체크리스트와 수현을 돌아보며 머뭇거릴 때, 수현은 뒤에 있는 최유진과 이소진에게 말했다.

"가시죠."

"응."

수현의 갑작스러운 행동에 당황하고 있는 이들을 뒤로하고, 최유진과 이소진은 그들을 지나쳐 가며 살짝 뒤를 돌아보았다.

그런 그녀들의 눈에 인상을 구기며 자신들을 노려보는, 아니 정확하게는 수현의 등에 날카로운 시선을 던지는 사내들을 보았다.

"괜찮겠어?"

최유진은 수현에게 다가가 물었다.

"괜찮아요. 제가 뭐 잘못한 것도 아니고."

수현은 최유진의 걱정스러운 물음에 담담하게 대답을 하였다.

언뜻 봐도 입구를 지키던 이들이 평범한 사람은 아니란 것을 느낄 수 있었다.

하지만 평범하지 않은 것은 그들만이 아니다.

아니, 수현의 기준에선 그들이나 최유진이나 일반인인 것은 매한가지였다.

아무리 그들이 특수부대 출신이고 상당한 무술 실력을 가지고 있다고 해도, 자신은 게임 시스템을 가진 초인이지 않은가. 더욱이 무술은 아니지만 태권도를 마스터했다.

수현은 태권도를 마스터하면서 새로운 사실을 알게 되었다.

10여 년 동안 태권도를 배웠지만 자신이 태권도에 대해 잘못 생각하고 있었다는 것을 말이다.

무술에 고하는 없다는 사실을 깨닫게 된 수현은 태권도가 강하네, 권투가 강하네 하는 논란이 참으로 쓸데없다는 것을 느끼게 되었다.

그것의 참뜻을 깨닫게 된 사람은 그렇지 못한 사람보다

월등히 강했다.

그러면서 격기 스포츠들이 시간이 지나면서 발전을 한 것이 아니라 원래 가지고 있던 것들이 효율이라는 이름하에 많이 퇴보했다는 것도 알게 되었다.

그러니 뒤에서 자신을 노려보고 있을 사내들은 전혀 문제가 되지 않았다.

다만 수현이 걱정하는 것은 괜한 기세 싸움을 하는 과정에서 최유진의 경호에 구멍이 나는 일이었다.

그러면서 언젠가는 한 번 제대로 부딪힐 것을 예상했다.

이는 자신이 그렇게 하지 않더라도 촬영장 보안을 맡은 진성 토탈가드에서 분명 그렇게 나올 것이 분명했기 때문이다.

B동에 들어와 얼마를 걸었을까, 최종 목적지인 A—3촬영장으로 들어가는 입구에 또 다른 보안 직원이 있는 것이 보였다.

수현은 최유진과 이소진의 앞에 걸으며 그들에게 다가갔다.

아니나 다를까, 그들은 수현의 앞에 팔을 뻗으며 안으로 들어가는 것을 제지했다.

"무슨 일이죠?"

이번에도 수현은 정중히 물었다.

하지만 돌아오는 말은 결코 정중하지 않았다.

"밖에 있는 놈들은 일을 제대로 하는 거야 마는 거야? 여긴 출입증 없인 못 들어간다."

그런 사내들의 말을 들은 수현은 더 이상 이대로는 안 되겠다 생각을 했다.

촬영이 끝나는 몇 개월을 계속해서 이렇게 쓸데없는 일로 최유진의 시간을 허비할 수 없기 때문이다.

비록 전문 교육을 받은 것은 아니지만 한 달 간 경호에 관한 서적과 정보를 많이 찾아보았다.

그러면서 경호원은 단순하게 의뢰인의 신변을 보호하는 것뿐만 아니라 의뢰인이 평상시와 같은 생활을 최대한 영위할 수 있게 조력을 해야 한다는 것을 알았다.

그것이 일류 경호원이 갖춰야 할 소양이라는 것이었다.

수현도 비록 그런 일류 경호원은 아니었지만 최대한 그렇게 되도록 노력을 할 생각이다.

"보안 직원으로서 이번 영화에 출연하는 배우들의 면면도 확인하지 않은 것은 아닐 것인데, 자꾸 방해를 하는 이유가 뭡니까?"

비록 기분은 별로였지만 수현은 끝까지 정중하게 물었다.

먼저 흥분을 해봐야 손해를 보는 것은 자신과 자신의 의뢰인인 최유진이기 때문이다.

"우린 그런 것 모른다. 수칙대로 할 뿐이다."

사내 중 한 명이 사무적으로 수현의 질문에 대답을 하

였다.

"그럼 우리가 돌아간 뒤 촬영이 취소가 되면 그건 전적으로 당신들 잘못입니다. 아시겠죠?"

수현과 진성 토탈가드의 보안 직원의 대화를 듣고 있던 이소진이 당차게 말을 하였다.

"언니, 그만 가죠. 제가 감독님께 연락할게요."

조금 전까지만 해도 강압적인 보안 직원들의 태도에 겁을 먹었던 이소진이었지만, 자신보다 어린 수현이 기죽지 않고 당당히 나서는 모습에 어느 정도 안정이 되었는지 정신이 평상시처럼 돌아왔다.

여성 매니저로서 힘든 이 업계에서 지금까지 살아남아 최고 톱스타 최유진의 매니저의 자리에까지 오른 강단이 지금 나오는 것이다.

한편 자신들과 불편한 관계에 있는 최유진에게 압박을 가하기 위해 일부러 이런 일을 꾸민 진성 토탈가드의 경호원들은 설마 최유진 쪽에서 촬영을 접고 돌아가겠다고 할 줄은 예상하지 못했다.

더욱이 이번 영화는 최유진의 복귀작이 아닌가. 이들이 생각했던 것은 최유진이 자신들의 대접에 낭패한 모습을 보이며 안절부절 못하는 모습이었다.

더군다나 대명 필름에서 자신들을 이번 영화 촬영이 끝날 때까지 보안과 경호를 위해 고용을 했는데, 주연배우 중 한 명인 최유진이 거부를 하고 따로 경호원을 구했다는 이야기를 들었을 때 자신들을 무시한 것 같은 생각이 들어 압박의 강도를 더욱 높이자고 이야기를 했었다.

그런데 설마 최유진이 이렇게 배수의 진을 칠지는 상상도 못했다.

그 때문에 앞을 막아선 이들은 입구에서 수현에게 당했던 이들처럼 무척이나 당황하였다.

"어? 유진 씨! 안 들어가고 여기서 뭐해?"

진성 토탈가드의 보안 직원들이 어떻게 반응을 해야 할지 난감해 할 때, 누군가 이들을 위기에서 구했다.

"어머! 선배님 오셨어요."

"그래, 그런데 안 들어가고 뭐하고 있어?"

최유진을 부른 사람은 이번 영화의 악역을 맡은 배우 중 한 명인데, 연기파 배우로 이름을 날리고 있는 충무로 악역 전문 배우 김규철이었다.

영화와 드라마를 종횡하며 많은 작품에서 특유의 분위기로 주인공을 위협하는 악역 전문배우인 김규철은 여자 주인공인 최유진이 촬영장 안으로 들어가지 않고 보안 요원과 실랑이를 하는 모습에 의아한 표정을 지었다.

김규철의 질문을 받은 최유진은 자신의 뒤에 있는 진성 토탈가드의 경호원들을 의미심장하게 쳐다보고는 대답을 하였다.

“제가 3년 동안 쉬는 동안 팬들에게서 얼굴이 많이 잊혀졌나 봐요. 절 못 알아보더라고요.”

“응? 그게 무슨 소리야? 설마 여왕 최유진을 누가 못 알아본다는 거야!”

김규철은 조금은 과장된 모습으로 최유진에게 말을 하면서 뒤에 서 있는 진성 토탈가드의 경호원들을 쳐다보았다.

그 또한 오랜 연예계 생활을 하면서 최유진과 진성 토탈가드에 관한 분쟁에 대해 알고 있었다.

가재는 게 편이라고 배우인 김규철이 최유진의 편을 드는 것은 당연했다.

비록 가수는 아니지만 김규철도 충분히 당시 최유진의 심정을 이해할 수 있었기 때문이다.

사실 김규철도 진성 토탈가드는 아니지만 연극 공연을 준비하는 과정에서 그곳 보안 요원들과 상당한 마찰을 겪었다.

그러니 보안 요원과 마찰을 빚고 있는 최유진의 모습에서 당시 자신을 압박하던 그곳 보안 요원들이 오버랩 된 것이다.

“이거 아무리 대명 필름에서 우리의 안전을 위해 부른 보안 업체라고 하지만, 이건 누가 갑이고 누가 을인지 모르겠네!”

갑자기 큰 소리로 떠드는 김규철의 모습에 최유진 일행의 앞을 막아섰던 진성 토탈가드 경호원들은 조금 전 보다 더 당황했다.

위기를 모면하는 가 싶더니 이번에는 김규철까지 가세를 해 자신들을 몰아세우고 있었기 때문이다.

일이 점점 커진다는 것을 느낀 진성 토탈가드의 경호원은 얼른 사과를 하였다.

“죄송합니다. 행정상 절차 때문에 그런 것이니 너무 노여워하지 말아주시길 바랍니다.”

톱스타 최유진을 상대로 괜히 기세 싸움을 벌였던 진성 토탈가드의 경호원들은 처음부터 자신들이 을이란 것을 인식하지 못하고 최유진에게 대거리를 하다 꼬리를 말았다.

진성 토탈가드 경호원들의 사과로 일이 일단락이 되면서 최유진과 김규철은 촬영장 안으로 들어갔다.

수현은 최유진과 김규철이 촬영장 안으로 들어가자 매니저인 이소진에게 말했다.

“전 잠시 진성에 다녀오겠습니다.”

“응, 그래!”

이소진은 나이는 어리지만 듬직한 수현의 말에 미소를 지으며 대답을 하였다.

수현은 최유진이 촬영장에 들어가 먼저 온 감독이나 스탭, 선배 배우와 동료 배우들에게 인사를 하는 모습을 보다 밖으로 나갔다.

수현이 밖으로 나간 이유는 조금 전 진성 토탈가드와 신경전을 벌였던 것을 촬영기간 내내 할고 싶은 생각이 없었다.

일단 그들이 보안 수칙을 들어 계속해서 방금 전과 같은 일을 벌인다면 아무리 탄탄한 연기력을 가진 최유진이라고 해도 언제까지나 컨디션을 최상으로 유지하기 힘들 것이기 때문이다.

*　　　*　　　*

"젠장!"

진성 토탈가드의 경호원들은 자신들과 관계가 별로 좋지 못한 최유진에게 자신들의 세를 과시하기 위해 작전을 벌였는데, 생각보다 영향이 없는, 아니 오히려 자신들의 입장만 난처해진 상황이라 기분들이 별로 좋지 못했다.

똑! 똑!

"누구야! 들어와!"

진성 토탈가드의 경호 팀장은 조금 전 촬영장 입구에서 벌어진 일이나 내부에서 벌어졌던 일을 무전으로 전해 듣고 심기가 불편해 그 분노가 여실히 담긴 목소리로 노크 소리에 답했다.

"실례합니다."

수현은 진성 토탈가드의 사무실로 들어와 인사를 하였다.

"누구지?"

진성의 경호 팀장인 이성진은 굳은 표정으로 물었다.

"배우 최유진 씨 경호원입니다. 최유진 씨와 매니저인 이소진 씨, 그리고 제 출입 카드를 받기 위해 왔습니다."

수현은 이성진의 질문에 담담히 자신의 용건을 말했다.

'이놈이군!'

이성진은 수현의 대답에 조금 전 문제가 있었던 일의 원흉이라 할 수 있는 수현을 보며 눈을 반짝였다.

"최유진 씨야 주연배우 중 한 명이니 출입증이 있겠고, 매니저는……."

이성진이 책상 위를 뒤적이며 뭔가를 찾는 듯 중얼거리고 있을 때, 수현이 얼른 그 말에 끼어들었다.

"대명 필름의 최 사장님께서 말씀 하셨을 것인데, 아직 출입증이 나오지 않은 것입니까?"

수현은 이들이 자신이 경호를 담당하게 된 최유진과 관계가 좋지 못하다는 것을 알고 진성에서 분명 뭔가 수작을 부릴 것을 예상했다.

그래서 만반의 대처를 하기 위해 여러 가지 가정을 추리해 보면서 자신이 진성이라면 어떻게 최유진을 방해할 것인가 궁리를 해보았다.

그리고 그중에선 영화의 주연인 최유진에게 직접적인 방

해를 하기 보단 그 주변인들을 힘들게 하여 최유진의 평정을 깨려고 할 것이라는 것도 있었다.

사실 아무리 자신들과 틀어진 관계라지만 톱스타 최유진을 직접적으로 건드리기에는 최유진의 이름값이 너무도 무거웠다.

그러니 자신들이 타격을 받지 않으면서도 최유진을 흔들 수 있는 방법을 써서 최유진이 영화 촬영에 전념하지 못해 영화 촬영에 지장을 주게 된다면, 자신들의 복수도 되고 최유진이란 이름값에 흠집을 낼 수도 있으니 일석이조의 계책이었다.

아니나 다를까, 진성 토탈가드에서 촬영일인 오늘 그 입구부터 방해를 하기 시작했다.

수현은 이런 일을 짐작했기에 촬영장 입구에서 자신들을 막는 진성의 경호원들이 억지를 부릴 때, 매니저인 이소진에게 싸인을 주어 돌아가자는 말을 하게 만든 것이다.

이미 사전에 이런 일을 있을 것이라 말하고 이소진에게 협조를 구했기에 조금 전 촬영장 입구에서 이소진이 자연스럽게 그런 말을 할 수 있었다.

모르는 사람은 너무도 자연스러운 그녀의 연기에 실제라고 믿었을 것이다.

하지만 아무리 최유진의 매니저라도 촬영 첫날 촬영장까지 왔다가 말도 없이 그냥 돌아간다는 것은 말도 되지 않는 일이다.

물론 불가피하게 막아선다면 그럴 수 있다지만 조금 전의 상황은 그 정도까지는 아니었다.

다행히 그 전에 김규철이 와서 해결이 되었지만 말이다.

하지만 수현의 계산에 그런 일은 이미 예상된 것이었다.

김규철이 아니더라도 촬영 일에 다른 출연자가 그곳을 찾을 것이고, 배우나 스탭이 그 곳에 도착을 한다면 누구 편을 들지는 보지 않아도 빤한 일이다.

당연 여자 주인공인 최유진의 편을 들지 경호 업체의 편을 들어주는 사람은 아마 없을 것이다.

팔은 안으로 굽는 것이기 때문에 아주 악한 성격으로 주변 사람을 괴롭히는 사람 말고는 그렇지 않을 것이다.

그러니 수현의 계획은 100%에 가깝게 성공을 거둘 수밖에 없는 계획이었고, 계획대로 들어맞았다.

그리고 수현은 한 번은 그렇게 넘어간다고 해도, 진성에서 또 다른 시도를 할 것이란 생각을 했다.

일단 매니저인 이소진의 경우 언제나 담당 배우인 최유진과 함께 행동을 하니 넘어갈 수 있지만, 자신은 분명 한 번은 걸고넘어질 것이라 생각해 미리 차단을 하려고 진성 토탈가드와 계약을 한 대명 필름의 최대명 사장에게 양해를 구했다.

물론 직접 연락을 하기 보단 자신을 최대명 사장에게 소개한 오대성을 통해 연락을 한 것이다.

최대명 사장도 대성을 통해 수현의 이야기를 전해 듣고 진성에서 그렇게 나올 수도 있다고 판단을 했다.

그렇게 되면 자신의 영화사에서 야심차게 기획한 영화 촬영이 원활하게 흘러가지 못할 수도 있다고 판단해 수현의 부탁을 들어주었다.

수현은 그것을 들고 나온 것이다.

사전에 최대명 사장을 통해 언질을 주었기에 수현에 대한 출입 카드는 다른 여느 촬영장 스탭들의 출입 카드처럼 발급이 되었다.

다만 진성 토탈가드의 경호 팀장인 이성진이 일부러 찾는 척을 하고 있는 것이다.

이러한 사실을 알고 있는 수현은 굳이 이곳에서 시간을 허비할 생각이 없기에 그의 말을 사전에 차단을 하고 최대명의 이름을 언급한 것이다.

"여기 있군!"

수현의 말에 이성진은 인상을 구기며 출입 카드 3장을 수현에게 넘겨주었다.

수현은 자신의 출입 카드를 가슴에 꽂고 최유진과 이소진의 카드를 챙겨 사무실을 나섰다.

쾅!

사무실의 문을 닫고 나온 뒤 사무실에서 뭔가 부서지는

듯한 소리가 들렸지만, 그것이 어떤 소리인지 알고 있는 수현은 작게 미소를 지었다.

*　　　*　　　*

쾅!

최유진은 화가 머리끝까지 난 얼굴로 제작자인 최대명을 찾았다.

업무를 보고 있던 최대명은 느닷없이 자신의 사무실로 찾아온 주연 여배우의 등장에 놀라 그녀를 쳐다보았다.

"우리 주연 여우께서 또 무슨 일로 그렇게 화가 나 나를 찾아 온 것일까?"

화가 난 최유진을 어떻게든 달래기 위해 최대명은 하던 일을 멈추고 너스레를 떨며 그녀를 맞았다.

"선배님! 이거 해도 해도 너무한 것 아니에요?"

"응? 뭐가?"

느닷없는 말에 최대명은 눈을 동그랗게 뜨며 물었다.

최대명은 최유진이 무엇 때문에 화가 난 것인지 알아보기 위해 그녀의 말을 경청을 하였다.

그리고 잠시 뒤 그녀가 무엇 때문에 화가 난 것인지 그녀에게서 들을 수 있었다.

"아니, 배우의 메이크업 담당이 바뀔 수도 있는 일 아닌

가요?"

"그렇지."

"그런데 진성 토탈가드 그 작자들은 왜 그러는 것인지 제 메이크업을 위해 촬영장에 함께 간 메이크업 아티스트를 촬영장에 못 들어가게 하잖아요. 이게 영화를 촬영하자는 건지 아니면 방해를 하자는 건지 모르겠어요. 그러니 선배님께서 확실하게 그 작자들이 할 수 있는 일과 그렇지 않은 일에 대한 가이드를 정해주세요. 안 그럼 저 이대로 촬영 못해요."

최유진은 제작자이자 연예계 선배인 최대명에게 자신이 오늘 찾아온 용건을 확실하게 말했다.

참으로 어처구니가 없는 상황에 최대명은 그저 자신을 보며 씩씩거리고 있는 최유진을 쳐다볼 뿐이다.

그리고 그 뒤에선 최유진의 매니저인 이소진이 불안한 표정으로 최유진의 등을 쳐다보고 있었고, 수현도 살짝 찌푸린 얼굴로 두 사람을 쳐다보았다.

최유진의 연예계 복귀작이자 대명 필름에서 야심차게 준비한 '언더그라운드' 가 촬영에 들어 간 지 어느 덧 한 달이 지났다.

언더그라운드는 보통 사람은 모르는 정치권의 비리와 이를 파헤치려는 기자, 그리고 그것을 막으려는 암흑가의 얽히고설킨 이야기였다.

그 때문에 그런지 실제로 정치권이나 조직 폭력배들이 알게 모르게 촬영을 방해를 하려고 하였다.

그래서 제작자인 대명 필름에서는 배우와 촬영 스탭의 안전을 위해 국내 최고의 보안업체인 진성 토탈가드에 경호 의뢰를 하고 촬영에 임했다.

그 때문인지 촬영에 들어 간 지 한 달이 되어가지만 지금까지 별다른 방해 없이 순조롭게 진행이 되고 있었다.

하지만 그런 속에서 내부적인 요인으로 촬영이 간간히 중단이 되었는데, 그 이유는 바로 경호 의뢰를 받은 진성 토탈가드의 막무가내 같은 원칙주의 때문이었다.

자신들이 가지고 있는 출입 확인서를 받지 않은 인원에 대해선 절대로 촬영장 진입을 막았다.

물론 그 정도였으면 그런대로 촬영을 진행하겠지만 그들은 거기서 한발 더 나아가 분명 신분을 알고 있음에도 깜박하고 출입증을 챙기지 못한 사람들도 원칙을 내세우며 촬영장에 못 들어가게 했던 것이다.

이 때문에 감독에게서 주의를 받았음에도 이들의 처사는 바뀌지 않았다.

자신들은 의뢰를 받은 것대로 할 뿐이란 소리만 앵무새처럼 할 뿐이었다.

그들이 말을 들을 때는 의뢰자인 최대명이 나설 때 뿐, 그렇지 않으면 촬영장 감독이라도 그들은 절대 말을 따르려

하지 않았다.

찬으로 누가 갑이고 을인지 알 수 없는 처사였다.

하지만 말을 들어보면 진성의 경호원들의 말도 맞는 말이었기에 최대명도 어쩔 도리가 없었다.

촬영장의 안전을 위해서라는데 어떻게 뭐라 할 수 있겠는가. 다만 출입증을 가지고 있지 않더라도 출입증을 가진 사람이 보증을 하면 촬영장에 들어올 수 있게 하는 것이 최선이었다.

한데 오늘 최유진의 메이크업 담당이 다른 일로 촬영장에 올 수 없게 되었다.

그래서 킹덤 엔터에서는 그녀의 메이크업을 위해 다른 사람을 대신 보냈는데, 촬영장의 경호를 맡은 진성에서 그 사람을 촬영장에 들여보내지 않았다.

그 때문에 최유진이 메이크업을 받지 못해 촬영이 상당히 늦어졌다.

자신 때문에 촬영이 늦어지는 것 때문에 최유진은 촬영장 안에서 많은 스트레스를 받았다.

아무리 그녀가 아시아를 주름잡는 최고의 여배우고 스타라고 해도 촬영장 내에서까지 그런 것은 아니다.

영화 촬영은 여주인공 혼자 찍는 것이 아닌, 촬영 스탭과 여러 선후배 동료 배우들이 모두 힘을 합쳐 찍는 것이다.

그런데 자신 때문에 촬영이 늦어지는 것에 너무도 미안해

하며 안절부절 못했는데, 뒤늦게 그게 촬영장 입구에서 자신의 메이크업 담당자를 들여보내지 않은 진성 토탈가드의 경호원들 때문이란 사실을 알게 되면서 최유진의 뚜껑이 열려 버린 것이다.

원칙대로라면 최유진의 매니저인 이소진이 보증을 하면 들여보내야 함에도 그들은 이소진의 보증을 무시했다.

보증을 받는 인원은 출입증을 등록한 사람에 한한 것이지, 자신들이 가지고 있지 않은 사람에 대해선 믿을 수 없다는 것이다.

이쯤 되면 누가 봐도 진성 토탈가드가 최유진에게 유감이 있기에 일부러 진상을 부리는 것이라 볼 수 있었다.

사전에 촬영장에 도착을 해서 경호팀장에게 새로운 메이크업 아티스트가 올 것이라 통보를 했다.

통보를 했음에도 들여보내지 않고, 또 도착을 했으면 신원 조회를 해서 들여보내면 될 것을 막무가내로 막아선 것이다.

"선배님! 이정도면 진성에서 이번 영화 촬영을 돕는 것이 아니라 방해를 하는 세력으로 밖에 보이지 않는데 선배님께서는 어떻게 생각하세요? 아무리 경호를 위해서라지만 그들은 도가 지나치네요."

최유진은 자신이 생각하고 있는 바를 그대로 최대명에게 말했다.

아닌 게 아니라 최대명이 생각하기에도 이번 진성의 행동은 도가 지나쳤다.

촬영 스탭이나 감독 그리고 연기자들을 통해 들어오는 진성의 진상 짓은 이루 말할 수 없이 많아 최대명도 괜히 안전만 생각해 명성만으로 경호 의뢰를 한 것에 후회를 하고 있었다.

최유진 말고도 진성 토탈가드의 방침에 불만을 표하는 이들이 상당했기에 최대명도 이를 가볍게 생각할 수가 없었다.

'하! 군인 출신들이라 그런지 융통성이라고는 하나도 없네! 내 다시는 진성에 경호 의뢰를 하나 봐라!'

정말이지 진성이라면 정나미가 뚝 떨어졌다.

하지만 그렇다고 지금에 와서 계약을 파기할 수도 없었다.

진성과 계약이 파기된 것을 알게 된다면 지금까지 잠잠히 있던 방해 세력에서 분명 일을 벌일 것을 알기에 최대명은 이러지도 저러지도 못했다.

"유진아! 내가 진성에 제대로 말할 테니 이번에는 그냥 넘어가 주면 안 될까?"

최대명은 정말이지 이번 영화를 제작하면서 힘들 것은 알고 있었지만 영화 외적으로 이렇게 힘들 줄은 예상치 못했다.

이번 영화를 제작하면서 주변에서 들어오는 스트레스 때문에 흰 머리가 더욱 늘었다.

*　*　*

“하하하하!”

“최유진이 그렇게 열 받아 하는 것은 처음 봤습니다.”

“그러게, 얼굴만 반반하고, 든 것 없는 딴따라가 감히 어디서…….”

남양주 종합 세트장 한 곳, 진성 토탈가드의 상황실에 일단의 사내들이 모여 웃고 떠들고 있었다.

이들이 떠드는 주제는 다름 아닌 오늘 있었던 촬영 중단 사태였다.

여자 주인공인 최유진의 메이크업 담당이 제때 촬영장에 도착하지 못해 촬영이 지연되다 다른 배우들의 스케줄과 겹치면서 촬영이 중단되었다.

하지만 사실을 들여다보면 최유진의 메이크업 담당은 제시간에 도착을 했지만 이들이 일부러 촬영장에 들여보내지 않아 벌어진 일이다.

원칙대로라면 경호 책임을 지는 이들이 최유진의 메이크업 담당을 붙잡아둔 것 때문에 벌어진 일이라 제작인 대명필름에서 문제 제기를 하면 진성에서 촬영이 지연된 것에 대한 손해배상을 해야 한다.

그렇지만 이들은 아주 교묘한 수법으로 잘못을 피해갔다.

최유진의 매니저인 이소진이 사전 통보를 했음에도 이들은 그런 기록을 누락하여 자신들은 통보받은 적이 없다고 발뺌을 한 것이다.

이야기를 할 때 녹음을 해둔 것도 기록을 했던 것도 아니었기에 최유진 측의 일방적인 주장으로 몰아붙였다.

심증은 가지만 물증이 없기에 이들의 잘못을 꼬집을 수 없이 독박을 쓰게 된 최유진은 급기야 촬영장을 박차고 나가 버렸다.

그래서 이들은 지금 그것을 축하하며 최유진을 조롱하는 중이다.

덜컹!

"뭐야!"

자신들이 한 일에 대해 웃고 떠들고 있을 때, 갑자기 상황실의 문이 열리자 그들은 놀라 소리쳤다.

하지만 문을 열고 상황실 안으로 들어오는 사람의 얼굴을 확인하고는 얼른 자리에서 일어나 부동자세를 취했다.

"사장님 어쩐 일이십니까?"

이곳 보안 책임자인 이성진은 굳은 표정으로 사장 조진성에게 물었다.

짝!

하지만 그에게 돌아온 것은 이곳을 찾은 이유가 아니라 따귀였다.

한 순간 눈앞이 번쩍하며 고개가 돌아갔다.

너무도 순식간에 벌어진 일이라 어느 누구도 함부로 입을 열지 못했다.

"이 새끼들아! 너희들 뭐하는 새끼들이야!"

조진성은 자신에게 따귀를 맞고 고개가 돌아간 이성진과 주변에 있던 직원들을 보며 소리쳤다.

하지만 사장인 조진성이 무엇 때문에 화를 내고 있는지 알 수가 없는 그들로서는 어떤 대답도 할 수가 없었다.

"너희가 아직도 군인인줄 아냐? 엉!"

계속해서 호통을 치는 조진성의 말에 남양주 종합 세트장에 파견 나온 진성 토탈가드의 경호원들은 고개를 숙였다.

"그리고 이성진이!"

"예!"

"너, 내가 여기 파견 나갈 때 뭐라 그랬냐?"

팀장인 이성진을 보며 조진성은 굳은 표정으로 물었다.

그런 조진성의 물음에 이성진은 조금 전보다 더욱 창백하게 표정이 죽었다.

"괜히 최유진과 연관되지 말라고 했어? 안했어?"

그랬다. 조진성은 몇 년 전 최유진과 소송까지 벌이게 된 일에서 진성 토탈가드는 비록 재판에서는 승소를 하였기에 손해배상은 하지 않았지만 어찌 되었든 의뢰인에게 큰 피해를 입힌 것은 사실이었다.

그 때문에 한 동안 연예계에서 진성 토탈가드에 의뢰가 들어오지 않아 경영에 큰 위기를 겪었다.

다행히 진성이 특수부대 소령 출신으로 인맥이 있었기에 어렵게 다른 쪽에서 의뢰를 받아 회사를 유지할 수 있었고, 당시 경호 업계가 몇몇 회사를 빼고는 영세하다는 것을 알게 되면서 인맥을 통해 투자금을 유치했다.

그 과정에서 몇몇 불법적인 일을 한 적도 있지만 어찌 되었든 위기를 극복하고 다시금 연예계로 영역을 넓힐 수 있게 되었다.

그런데 다시 연예계로 사업 영역을 넓히는 첫 사업에 그만 과거 악연인 최유진과 다시금 연관이 되게 되었다.

참으로 아이러니한 일이 아닐 수 없었다.

하지만 계속해서 악연을 이어갈 수는 없었기에 조진성은 최대한 최유진과 연관이 되지 않는 쪽으로 일을 진행시키려 하였다.

어찌 되었든 최유진은 국내뿐만 아니라 아시아에서 최고의 주가를 올리는 톱스타다.

비록 몇 년 연예계 활동을 하지 않아 최전성기만큼은 아니었지만 썩어도 준치라 했다.

아시아의 여왕이라 불리는 최유진이 직접적으로 진성을

언급한다면 앞으로 일을 하기 무척이나 불편해진다.
그래서 파견을 나가는 직원들에게 한차례 훈시를 했다.
그런데 결과가 이렇게 되니 조진성으로서는 열불이 나지 않을 수 없었다.
"최유진하고 문제 일으키지 말라고 했습니다."
"그래. 그런데 일을 이 지경으로 만들어?"
"하지만 그렇지 않습니까? 엄연히 저희가 있는데, 경우 태권도 사범이나 하는 놈을 경호원이랍시고 데리고 다니는 것이… 저희를 무시하는 처사이지 않습니까?"
이성진은 조금 전 사장인 조진성에게 따귀를 맞은 것이 억울한 것인지 자신의 속에 담아 두었던 것을 쏟아냈다.
그런 이성진의 이야기에 조진성은 어처구니가 없었다.
"와! 이 자식 돌았네! 넌 경호원이 뭐라고 생각하냐? 한 번 말해봐!"
"그게……."
단도직입적으로 물어오는 조진성의 물음에 이성진은 순간 할 말을 잊었다.
단 한 번도 그런 것을 생각해보지 않았기 때문이다.
이성진이 경호원이 된 이유는 그저 단순하게 군대를 전역하고 할 것이 없었기 때문이었다.
10년을 특수부대 부사관으로 복무를 하다 나이가 들어 전역을 하였다.

군에서 목숨을 내걸고 모은 돈은 사회에 나오니 얼마 되지 않았다.

군대에 있을 때만 해도 군대에서 지원해 주는 것이 있었기에 적은 월급이지만 생활과 저축을 할 수 있었다.

하지만 전역을 하고 사회에 들어서니 모은 재산으로는 생활이 어려웠다.

그런데 설상가상, 남은 돈을 사기를 당했다.

아무 것도 모르던 때, 프랜차이즈 커피숍이 인기라고 해서 그곳에 투자를 했지만, 자신에게 투자를 하라고 했던 사람은 금방 잠적을 하였다.

뒤늦게 자신이 사기를 당했다는 것을 깨닫고 백방으로 사기꾼을 찾아 다녔지만 찾을 길이 없었다.

중국으로 밀항을 했다는 소리도 있었고, 필리핀으로 도망을 쳤다는 소문을 듣기도 했다.

그렇게 빈털터리가 된 시점에서 군대 선임으로부터 진성토탈가드를 소개 받았다.

군 특수부대 출신이 설립한 보안 회사인데, 직원을 구한다는 것이다.

더욱이 특수부대 출신이 지원을 하면 가산점이 있다는 소리에 두말하지 않고 지원을 하였다.

회사 설립 초기였기에 이성진은 직원으로 채택이 되었다.

소개를 한 선임의 말대로 특수부대 출신이고, 또 작전도 몇 번 참여를 했기에 그런 것들이 모두 참작이 되어 직원으로 뽑혔던 것이다.

그랬기에 경호원에 대해 별다른 생각을 할 겨를도 또 경호원이 된 뒤로도 그런 생각을 하지 않았다.

그저 명령을 받으면 그대로 수행하는 것이 몸에 익었기에 그대로 행할 뿐이었다.

그 때문에 융통성이 없다는 말을 듣기도 했다.

하지만 그건 비단 이성진만의 문제는 아니었다.

군 특수부대 출신들이 대부분인 진성 토탈가드다.

진성에는 군 특수부대 말고도 경찰 출신의 경호원도 존재했는데, 그들에게선 별다른 불만이 나오지 않고 있었다.

의뢰자들은 경호원을 쓰고 그 후기를 남기는데, 경찰이나 경찰 특공대 출신의 경호원들에게는 그런 불만이 나오지 않았지만 군 특수부대 출신들을 경호원으로 사용한 의뢰인들은 종종 이들이 융통성이 없어 문제를 발생시켰다는 이야기를 하였다.

그럴 때마다 사장인 조진성은 불편을 드려 죄송하다는 사과를 하러 다녔다.

군대에 있을 때와 다르게 사회에서는 의뢰인들의 그런 후기는 결코 회사에 좋을 것이 없었다.

그런데 이번에는 어쩔 수 없이 이들을 보냈다.

외부의 위협이 있을 수 있다는 의뢰인의 의뢰 내용이 있었기에 조직적으로 대상을 보호하는 것에는 경찰 출신 경호원들 보단 그래도 유기적으로 작전을 해본 적이 있는 군 출신들이 더 좋을 것 같았기 때문이다.

하지만 그런 조진성의 결정은 이들의 자존심을 생각지 못했다.

자신들이 최고라 생각하는 이들 군 특수부대 출신 경호원들에겐 자신들을 상대로 소송을 한 최유진이 결코 좋게 받아들여지지 않았다.

아무리 그녀가 톱스타여도 자신들의 도움을 받지 않으면 안전을 책임지지 못하는 일개 아녀자이자 웃음을 파는 딴따라였다.

그런데 자신들의 보호도 거부하고 태권도 사범이나 하던 사람을 경호원이라고 데리고 다니는 것이 같잖았다.

그래서 그런 것이었다. 어떻게 하든 그녀의 코를 납작하게 만들고 싶었던 것이 오늘의 사태를 만든 것이다.

그렇지만 문제는 이들이 생각한 이상으로 커졌다.

최유진의 영향력은 이성진이나 이곳에 파견된 경호원들이 상상하던 그 이상이었다.

톱스타가 되기 위해선 본인만 잘해선 되지 않는다는 것을 이들은 모르고 있었다.

본인이 잘해야 하는 것은 당연한 것이고, 그런 그를 이끌어 줄 힘을 가진 존재가 있어야 한다는 것을 알지 못했다.

그렇게 힘들게 톱스타가 되면 그 뒤로는 그것이 힘이 되어 새로운 작용을 한다.

톱스타가 되면 그 주변으로 팬들이 모이고, 사람이 모이면 그것은 돈이 돈다.

돈이 돈다는 말은 그 주변으로 힘을 가진 존재들이 모여든다는 말과 다르지 않았다.

그래서 한 번 스타가 된 사람들은 웬만한 일로는 그 자리에서 물러나지 않는 것이다.

현대 사회에선 돈이 모이는 곳에 권력이 모이고, 예전에는 딴따라라 불리며 무시되던 연예인들이 이제는 새로운 권력자로서 영향력을 행사하고 있다.

이들이 방송에서 하는 말은 이들을 지지하는 팬들에게는 신의 목소리나 다름이 없기에 몇 명만 모여 같은 말을 한다면 그것은 여론이 된다.

군인 출신이지만 부려지기만 하는 부사관이 아닌 영관급에 있던 조진성이다.

단순한 장교도 아니고 영관급 장교였던 조진성이기에 이러한 힘의 논리를 잘 알고 있었다.

그러니 어떻게든 명분을 자신 쪽에 두려고 노력을 하였다.

의뢰인과 트러블이 발생하더라도 자신들 쪽에 명분이 있다면 불만이 있는 의뢰인이라도 함부로 하지 못했다.

그랬기에 몇 년 전 최유진과 트러블이 있었음에도 재기를 하고 다시금 연예계 쪽으로 사업 영역을 다시 넓힐 수 있었다.

하지만 이번에는 아니었다. 같은 일도 반복이 된다면 아무리 명분을 가지고 있다고 해도 진성으로써는 타격을 입을 수밖에 없었다.

더욱이 이번에는 명분을 가진 것도 아니었다.

막말로 독박을 뒤집어 쓸 수도 있었다.

그래서 최대명의 연락을 받자마자 이곳 남양주까지 달려와 팀장인 이성진의 따귀를 때린 것이다.

그런데 아직도 자신이 어떤 잘못을 했는지 깨닫지 못한 이성진의 얼굴을 보자니 조진성은 속에서 울화가 치밀었다.

"넌 아직 네가 어떤 잘못을 했는지 깨닫지 못하고 있는 것 같다."

"아닙니다. 시정하겠습니다."

"아니야! 이 팀장은 당분간 업무에서 손 떼!"

"사장님!"

"앞으로 여긴 차 팀장이 맡을 것이야!"

조진성은 더 이상 이성진에게 이곳을 맡겼다가는 무슨 사태가 벌어질지 걱정이 되어 경찰 특동대 출신의 차지성 팀장에게 이곳의 경호를 맡기기로 결정을 하였다.

"그리고 너희도 이 팀장과 함께 본사로 가서 재교육 받을 준비해!"

조금 전 최유진을 씹던 이들은 조진성의 이야기를 듣고 표적이 이성진 못지않게 죽었다.

그도 그럴 것이 경호원들의 월급이란 것이 너무도 적기 때문이다.

기본급은 적은 대신 일이 들어와 경호 업무에 들어가게 되면 각종 수당이 붙으면서 봉급이 늘어나는 구조다.

그런데 6개월의 장기 계약이 된 업무에서 배제가 된다는 통보에 하늘이 무너지는 것만 같은 느낌을 받은 것이다.

경호원에게 6개월의 파견 근무를 하는 것은 좀처럼 맡기 힘든 임무다.

보통 경호 의뢰는 일주일에서 길어야 한 달 정도다.

더 장기 의뢰는 이렇게 팀 단위로 움직이는 큰 건이 아닌 한두 명이 파견을 가는 경우가 대부분이다.

그러니 단가도 지금과는 다르게 적었다.

다시 말해 이번 의뢰처럼 팀 단위의 6개월 장기 의뢰는 거의 없다는 소리다.

그러니 겨우 한 달 만에 본사 복귀라는 명령에 이들의 표정이 썩어가는 것은 당연했다.

하지만 사장의 서슬 퍼런 표정에 감히 딴소리를 할 수가 없었다.

Chapter 5

계획된 사고

진성 토탈가드의 경호원들과 여자 주인공인 최유진 사이에 벌어진 트러블 때문에 발생한 촬영 중단 사태는 제작자인 대명 필름 최대명 사장의 중재와 진성 토탈가드 사장인 조진성의 사과로 마무리되었다.

그러면서 그동안 촬영장 보안을 책임지던 진성 토탈가드의 파견 경호원들 때문에 지지부진했던 촬영이 탄력을 받기 시작했다.

그동안 진성 토탈가드에서 필요 이상으로 보안을 들먹이며 이중으로 촬영 스탭이나 출연 배우들을 통재하는 바람에 일정이 늦어졌었는데, 최유진 사태 이후 진성 토탈가드는 내부 촬영장에서 철수를 하고, 외부 보안에만 투입을 하기로 합의를 봤기 때문이다.

물론 일부 경호원들이 수시로 내부 순찰을 도는 것은 촬영 스탭이나 배우들도 이해를 했다.

다만 이전처럼 보안이란 명목으로 필요 이상으로 신분 확인을 하지 않는 조건이 붙었다.

솔직히 최대명 사장도 설마 촬영장이 이 정도로 통제된 상태로 촬영이 되고 있을 줄은 상상도 못했다.

그저 감독이 완벽주의자라 촬영이 늦어지는 것으로만 생각을 했을 뿐이다.

뒤늦게 이러한 사실을 알게 되면서 최대명 사장은 진성토탈가드의 조진성 사장에게 엄정 항의를 했고, 그 때문에 조진성 사장이 직접 남양주까지 내려와 팀장인 이성진과 문제를 일으킨 경호원들을 본사로 소환 조치를 한 것이다.

만약 그렇지 않고 계속해서 현장을 내버려 두었다면 아마 최대명 사장은 영화가 흥행을 했어도 막대한 손해를 입었을지도 몰랐다.

촬영이 길어지면 길어질수록 비용이 기하급수적으로 늘어날뿐더러 출연 배우들이나 스탭들의 스케줄도 엉망이 되면서 더욱 촬영 기간이 길어지게 된다.

그리고 그 모든 것은 영화제작에 투자를 한 제작자의 리스크로 작용을 하는 것이다.

그런데 사고가 터지고 그것을 처리하는 과정에서 신변 안전을 위해 고용한 경호원들 때문에 막대한 손해를 보게 생겼으니 최대명 사장이 경호 업체인 진성 토탈가드에 항의를 하는 것은 당연한 일이다.

만약 최대명 사장이 이 문제를 가지고 법정 공방으로 몰고 가면 진성 토탈가드의 조진성 사장은 할 말이 없었다.

최유진과의 법정 공방은 이겼지만 이득도 없고 손해만 막심했다.

겨우 지금의 자리까지 회복했는데 다시 내려앉을 수 없는 조진성 사장으로서 최선의 선택을 한 것이다.

그러면서 더 이상 군 출신들만 경호원으로 모집을 해선 안 된다는 깨달음을 얻었다.

* * *

대명 필름이 제작하는 영화 언더그라운드는 순수 제작비만 무려 100억 원이나 투입되는 한국형 블록버스터 영화다.

그 때문에 처음 준비 과정부터 몇 년의 준비를 거쳐 촬영 스탭부터 출연 배우까지 엄선하여 실패의 리스크를 최대한 줄였다.

더욱이 언더그라운드의 작품 내용은 민감한 내용이 담겨

있었다. 정치권이나 재계, 그리고 연예계와 저 밑바닥의 암흑가까지 망라된 내용이기에 영화화하는 시간은 물론 시기도 무척이나 중요했다.

대명 필름의 최대명 사장은 그 때문에 신변 위협을 받는 중에도 언더그라운드의 촬영을 하기 위해 처음 영화 제작 발표를 하기 직전까지만 해도 엉뚱한 제목으로 다른 영화를 찍는 것처럼 위장을 하였다.

하지만 송곳은 주머니에 넣어 두어도 주머니를 뚫고 나오듯 언더그라운드의 제작 발표회 시일이 가까워지면서 소문이 퍼지기 시작했다.

그 때문에 여러 곳에서 영화 제작을 멈추라는 압력과 함께 협박도 있었다.

하지만 최대명은 언제까지 대한민국이 그런 아픔을 어둠속에 묻고 외면해야 하겠는가 하는 물음을 던지듯 생명의 위협에도 불구하고 과감하게 제작 발표를 하고 또 스탭과 배우들의 안전을 위해 보안 업체에도 신경을 써서 계약을 하였다.

처음 영화를 찍기로 결심을 했을 때, 제작비를 어떻게 마련할까 고민을 하기도 했지만 모든 투자자들이 그가 제작하려는 영화를 반대하는 것은 아니었다.

더욱이 최대명이 준비하는 영화의 배우들의 면면을 듣고 투자를 하겠다는 투자자들이 많았기에 제작비는 생각보다 쉽게 모였다.

이렇게 제작비가 쉽게 모인 이유는 사실 별거 없었다.

둘째 딸의 육아 때문에 3년간 활동을 중단했던 아시아의 여왕 최유진이 스크린 복귀를 준비하던 시기에 그러한 소식을 접한 최대명이 가장 먼저 그녀와 접촉을 해 출연 승낙을 받아 놓았고, 그녀 못지않은 인기를 누리고 있는 아시아의 프린스라 불리는 김성빈이 그녀의 상대 배우로 출연을 하기로 했기 때문이다.

남녀 주연배우는 물론이고 이들에 맞서는 악역들에도 신경을 써서 최고의 출연진을 구성했기에 투자자들이 이 영화에 투자를 하지 않을 수 없었다.

다만 촬영 스탭을 구하는 것은 여간 힘든 것이 아니었다.

열악한 대한민국 영화제작 여건 때문에 촬영 스탭들은 몇몇 유명한 감독 밑에 있는 스탭 아니고는 먹고 살기도 힘들었다.

일명 열정 페이를 강조하는 직종이 바로 영화 촬영 스탭이었다.

그러다 보니 여러 곳에서 압력이 들어오는 대명 필름, 그리고 문제의 소지가 있는 영화의 내용 때문에 실력 있는 촬영 스탭들이 쉽게 최대명의 제안에 응하지 않았던 것이다.

그나마 다행인 것은 대명 필름에도 실력 있는 촬영 스탭들이 있고, 외부 압력에 굴하지 않은 실력 있는 젊은 감독들도 있기에 겨우 촬영 스탭을 꾸릴 수 있었다.

그리고 어렵사리 촬영에 들어갔다.

안전 문제가 조금 불안하기는 했지만 계약을 한 보안업체가 국내에서도 최고로 꼽히는 업체이니 안심을 했다.

그런데 뜻하지 않은 곳에서 문제가 발생했다.

출연 배우 중 가장 비중이 큰 주연 여배우와 보안 업체인 진성 토탈가드 사이에 트러블이 발생한 것이다.

다행이 크게 일이 커지기 전에 사전에 교통 정리를 하였기에 일부 경호원들을 교체하는 것으로 일을 일단락 지었다.

최대명은 그제야 숨을 한 번 돌릴 수 있었다.

최유진과 보안 업체간의 트러블을 그냥 영화 제작을 하는데 큰 사고를 미연에 방지하기 위한 액땜이라 치부하기로 한 것이다.

다만 더 이상 사건이나 사고가 나지 않기 바랄 뿐이었다.

*　*　*

대명 필름에서 제작하는 영화 언더그라운드의 촬영 스탭 중 한 명인 이진구는 심각한 고민을 하고 있었다.

자신의 직업인 촬영 스탭으로서 도저히 할 수 없는 일을 해야만 했기 때문이다.

촬영 스탭 중 설비 팀에 속한 그는 어제 저녁 촬영을 마치고 밤늦게 집에 도착을 했다.

그런데 어떻게 그가 퇴근한 것을 알고 집에 들어오자마자 전화벨이 울렸다.

그리고 누군가에게 협박을 받았다.

자신의 말을 듣지 않으면 지방에 있는 부모님의 안전을 보장할 수 없다는 내용이었다.

어려운 가정 형편 속에서 영화 제작자가 되겠다는 꿈을 가진 그의 뒷바라지를 해주셨던 부모님이다.

지금도 남의 논과 밭을 소작하고 계시는 부모님의 안전을 두고 협박을 하니 이를 들어주지 않을 수도 그렇다고 들어주기도 난감했다.

협박범은 그가 담당하는 설비를 느슨하게 제작하여 사고를 고의적으로 일으키라는 것이었다.

사실 그것만이면 눈 딱 감고 지시를 따랐겠지만, 단순한 사고가 아닌 인명 사고를 요구했다.

더욱이 주연이나 주조연급 배우의 사고라고 했다.

그래야 영화 제작이 무산이 될 것이기 때문이다.

이진구는 여기서 고민을 하게 된 것이다.

비록 지금은 제작 스탭들 중에서 설비팀원 중 한 명에 불과하지만, 그의 꿈은 거기서 멈추는 것이 아닌 영화를 직접 제작하는 일이다.

그런데 촬영장에서 영화 촬영을 방해하는 행위를 직접 하라는 것도 들어줄 수 없는 요구인데 출연하는 배우를 해치라니, 이는 말도 되지 않는 요구였다.

하지만 부모님의 목숨을 가지고 협박을 하니 고민이 되지 않을 수 없었다.

자신의 목숨을 가지고 협박을 했더라면 자신들을 보호하는 경호원들에게 이야기를 하든, 아니면 자신의 상사인 설비팀장이나 감독, 그것도 아니면 최대명 사장에게 직접 협박을 받는다고 이야기라도 할 것인데, 부모님을 거론하니 이진구로서는 고민을 하지 않을 수 없었다.

하지만 결국 다른 사람의 목숨보다는 부모님의 안위가 더욱 중요했기에 그들의 요구를 들어주기로 했다.

그런데 막상 실행에 옮기려 하니 쉽게 기회가 오지 않았다.

눈 딱 감고 설비와 설비를 연결하는 장비에 볼트를 살짝 덜 조이면 되는 일이다.

그것도 아니면 오늘 촬영 씬 중에 배우들이 높은 곳에 오르는 장면이 있었다.

그러니 그곳에 미끄럼 방지제를 바르지 않거나 하면 되는 일이다.

하지만 그런 기회가 좀처럼 오지 않았다.

일을 하더라도 나중에 자신이 했다고 밝혀진다면 촬영장

에서 쫓겨나는 것으로 그치지 않고, 잘못하다가는 형사 처벌을 받을 수도 있는 문제였다.

협박범은 자신의 안위를 책임져 주지 않을 것이 분명했기 때문이다.

자신의 안위는 자신이 지켜야 하기에 요구를 들어주면서 자신 또한 지켜야 했다.

그렇기에 최대한 다른 사람들의 시선이 닫지 않는 곳에서 다른 사람 몰래 일을 마쳐야 하기에 기회를 보았다.

시간은 점점 흐르고, 점심시간에 또 한 번 협박범에게서 협박 전화가 왔다.

이진구로서는 기회가 없었기에 어쩔 수 없었는데, 협박범은 어떻게 알았는지 전화를 건 것이다.

더욱이 시간마저 얼마 주지 않았다.

그 때문에 이진구는 어쩔 수 없이 조금 위험하지만 일을 감행하기로 결심을 하였다.

*　　　*　　　*

톱스타 최유진의 경호원이 되었지만 수현은 별로 할 일이 없었다.

아침 일찍 그녀의 아파트로 출근을 하고, 그녀의 차를 타고 촬영장으로 온다.

촬영장이 종합 세트장이다 보니 대부분이 세트장 내에서 촬영이 이루어지기에 특별히 경호를 할 것이 없었다.

그 때문에 최유진은 수현에게 개인 시간을 가지라는 말을 하였다.

그래도 수현은 최유진이 위험한 촬영을 할 때면 가까운 곳에서 그녀를 지켜보았다.

괜히 그녀가 부상이라도 당한다면 자신이 일을 하지 않은 것 같은 생각이 들었기 때문이다.

물론 그럴 때면 최유진은 안전장치가 잘 되어 있기에 안전하니 그럴 것 없다고 말을 했다.

최유진의 권유에 어쩔 수 없이 시간이 여유가 생기자 미뤄 두었던 공부를 하기 시작하였다.

학창 시절에는 특별히 공부에 관심이 있던 것도 아니었기에 별로 성적이 좋지 못해 대학을 가지 못했다.

그런데 군대를 다녀온 뒤 사회생활을 몇 달 하다 보니 자신의 생각이 잘못 되었다는 것을 느끼게 되었다.

특별히 누가 직접적으로 말하는 것은 아니지만 은연중 사람들이 대하는 것이나 반응이 고등학교를 나온 사람과 대학을 나온 사람을 구별하고 있었다.

그래서 수현은 비록 대학은 가지 않았지만 대화에서라도 대학을 나온 사람에게 밀리지 말자라는 생각에 시간이 날 때마다 책을 읽기 시작했다.

게다가 읽다 보면 간간히 지능 스탯이 올라가기까지 했으니 일석이조였다.

군대에서부터 시작된 책 읽기는 어느새 100권이 넘어가고 300권 가까이 되어 간다.

물론 처음부터 전문 서적을 읽거나 그런 것은 아니다.

그저 흥미 위주의 소설을 시작으로 군대에서 책 읽기가 시작되었다.

그리고 어느 정도 계급이 되었을 때 남 눈치를 보지 않고 필요하다고 생각되는 책들을 사다가 읽었다.

그러다 보니 군에서 주는 월급은 거의 대부분 책값으로 소비를 하였다.

그래서 그런지 전역을 하기 전 수현은 개인적으로 사보았던 책들이 너무 많아 군대에 기부를 하고 나왔다.

아마 군대에서 수현이 따로 사서 본 책만 해도 50권 이상이 될 것이다.

휴가를 나갔을 때 직접 10여 권씩 사오기도 했고, 또 휴가 나갔을 때 사왔던 책을 다 보게 되면 휴가를 나가는 장병이나 혹은 부대 밖에서 생활하는 간부에게 부탁을 하여 구입해 보기도 했다.

물론 이러한 것은 수현이 군대 내에서도 생활을 잘했기에 가능한 것이지 그렇지 못하고 몸을 사리고 근무도 시원찮게 했다면 아마 그러지 못했을 것이다.

그런데 이러한 군대에 있을 때 버릇이 전역을 하고 나서도 계속되었다.

사실 최유진의 경호원으로 계약을 하면서 이런 취미는 못할 줄 알았다.

그도 그럴 것이 계약을 한 6개월간은 거의 24시간을 붙어 있어야만 하였기 때문이다.

대명 필름에서 제작하는 언더그라운드의 촬영이 끝나고 홍보를 하러 다닐 때에도 꼭 붙어 있어야만 했다.

언더그라운드의 상영이 끝나고 극장에서 최종적으로 막이 내려질 때가지는 최유진의 안전을 확신할 수 없었기 때문이다.

그런데 촬영장 내에서는 위험한 촬영이 아닌 경우 굳이 수현이 그녀의 곁에 있을 필요는 없었다.

24시간 신경을 곤두세우고 다른 사람을 지킨다는 것이 얼마나 피곤한 일인지 100%는 아니지만 여배우인 최유진은 여러 배역을 하면서 어느 정도 알고 있었다.

그렇기에 수현을 위해 배려한 것이다.

그래서 오늘도 읽을 책을 가지고 촬영장에 왔다.

하지만 오늘은 무엇 때문인지 뚜렷한 정보나 낌새는 없었지만 왠지 불길한 예감이 들어 촬영장 주변을 돌아보았다.

"알겠습니다. 이번 한 번뿐입니다. 더 이상 내 가족을 가지고 다시는 협박하지 마십시오. 다음에도 이런 부탁을 한다면 그때는 나도 참지 않을 것입니다."

막 길 모퉁이를 돌아가던 중 수현의 예민한 귀에 누군가의 전화 통화 내용이 들렸다.

그런데 그 내용이 그냥 들어 넘기기 무척이나 이상한 내용이었다.

촬영 스탭이나 출연자 중에 누군가로부터 협박을 받는 듯한 내용이었기 때문이다.

수현은 급하게 소리가 들린 곳으로 가보았지만 이미 그 자리에는 아무도 없었다.

'누구지? 목소리는 어디선가 들어본 것 같은데…….'

분명 목소리는 자신도 어디선가 들어본 듯한 느낌이었다.

하지만 중요한 사람은 아닌 듯 얼굴이 확실하게 떠오르지 않았다.

아무도 없는 장소에 혼자 남아 있을 수 없기에 수현은 어쩔 수 없이 그곳을 떠났다.

그렇지만 자리를 떠나면서도 괜히 기분이 찜찜한 것이 뭔가 일이 발생할 것만 같은 예감이 들었다.

'오늘 뭔가 사고가 날 것 같은데, 어쩌지?'

일개 배우의 경호원인 그로써는 현재 자신이 느낀 불안한 느낌을 누구에게 말을 할 수가 없었다.

어떤 증거도 없는데, 조금 전 들은 것만으로 현장에 사고가 날 것이란 것을 어떻게 말을 한단 말인가. 그렇지 않아도 경호를 맡은 진성 토탈가드의 이전 경호원들 때문에 촬영 일정이 많이 늦어지고 있는데, 거기에 자신까지 사고가 날 것 같다고 촬영 중단을 말할 수는 없었다. 증거가 있다면 그것을 명분으로 중단시킬 수 있겠지만 현재로서는 누가 협박을 받고 있으며 어떤 일이 있을지 확신을 할 수 없었다.

'우선 내가 할 수 있는 일만이라도 하자!'

결정을 내린 수현은 현재 자신은 톱스타 최유진의 경호원이란 것을 상기하고 그녀가 촬영을 하고 있는 세트장으로 향했다.

*　　　*　　　*

B—17 세트장.

대명 필름에서 제작하는 '언더그라운드' 촬영 장소 중 하나로, 오늘 저녁 8시 반에 촬영을 하는 장소였다.

마치 야외에서 촬영을 하는 것처럼 꾸며진 곳인데, 이곳은 상당한 난이도가 필요한 액션 씬을 찍기 만들어진 장소다 보니 보이지 않는 곳에 각종 와이어를 연결시킬 수 있는 장치들이 설치되어 있었다.

설비 팀은 오늘 저녁 촬영을 위해 미리 촬영 전 점검을 하기 위해 이곳을 찾았다.

한참 촬영에 필요한 장비들을 세트장에 마련된 설비에 설치를 하고 있을 때, 이진구는 주변을 살피며 작업을 하고 있었다.

"진구야! 그쪽은 설치 다 됐냐?"

설비 팀장인 조형구는 팀원 중 한 명인 이진구에게 물었다.

"예, 다 끝냈습니다. 다음으로 넘어 가겠습니다."

이진구는 얼른 자리에서 일어나 다음 장소로 이동을 하였다.

하지만 팀장의 질문에 대답을 하는 이진구는 뭔가 잘못한 일이 있는 듯 대답을 하면서도 살짝 떨고 있었다.

'저 자식 오늘 하루 종일 왜 저렇지? 무슨 일 있나?'

멀어져 가는 이진구의 뒷모습을 보며 조형구는 고개를 갸웃거렸다.

정말 이상한 하루였다. 이진구는 무엇 때문인지 오늘 하루 종일 일하는데 집중을 하지 못하고 넋이라도 나간 놈처럼 얼이 빠져 있었다.

그 때문에 사고가 날 뻔도 하였지만 다행히 가까이 있던 그가 이진구의 실수를 미연에 방지할 수 있어 사고를 면하였다.

물론 사고가 났다고 해도 큰 사고는 아니고 그저 촬영이 몇 10여 분 지연이 되는 정도였지만, 그렇지 않아도 촬영이 늦어져 예민해져 있는 감독을 생각하면 겨우 몇 10분 정도일지라도 촬영을 준비하는 설비 팀으로서는 고생을 하고서 괜히 욕을 들어먹고 싶지는 않기에 이진구가 어서 빨리 정신을 차렸으면 하는 바람이었다.

한편 사고를 일으키라는 협박범의 지시로 어쩔 수 없이 작업을 하고 있는 이진구는 조금 전 팀장의 질문을 듣고 그렇지 않아도 불안정한 정신이 흔들리고 있었다.

시골에 있는 부모님께 해코지를 하겠다는 협박범 때문에 어쩔 수 없이 촬영 설비를 느슨하게 설치를 한다든가 안전장치를 고의적으로 빠뜨려 보았지만, 어떻게 된 일인지 촬영을 할 때면 아무런 이상이 없이 촬영을 마쳤다.

그럴수록 이진구의 마음은 더욱 답답해졌다.

뭐라도 사고가 나야 자신의 부모님이 안전할 텐데, 아무런 사고가 발생하지 않는 것 때문에 시간이 갈수록 이진구의 심장은 프레스 기계에 눌린 것 마냥 심한 압박에 시달렸다.

시간은 벌써 해도 넘어가고 오늘 마지막 촬영인 이곳 B—17 세트장 촬영만 남겨두고 있다.

이진구는 더 이상 여유가 없었다. 어떻게 하던 협박범의 지시대로 사고가 발생하게 해야만 했다.

그래서 더 이상 앞뒤 가리지 않고 일을 벌이기로 작정을 하고 다른 팀원들이 세트장을 나간 뒤 몰래 다시 B—17 세트장으로 돌아와 난간에 무언가를 칠하기 시작하였다.

어두운 세트장에 몰래 작업을 마친 이진구는 들어왔던 것처럼 아무도 모르게 그 자리를 빠져나갔다.

하지만 이진구가 몰래 B—17 세트장에서 작업을 하던 것을 지켜보는 사람이 있었다.

그는 이진구가 작업을 하던 때부터 지켜보았으면서도 그 어떤 조치도 취하지 않고 모든 작업이 마칠 때가지 마치 망을 보듯 그곳에서 지켜보기만 하더니, 이진구가 작업을 마치고 사라지자 그 또한 자리를 떠났다.

*　　　*　　　*

"누나!"

수현은 저녁을 먹고 있는 최유진을 불렀다.

하루 종일 촬영을 하느라 지친 최유진은 촬영 중 꿀 같은 식사를 하면서 자신을 부르는 수현에게 잠시 시선을 주었다.

"응? 무슨 할 말 있어?"

벌써 두 달이 넘게 생활을 하면서 이전에 가지고 있던 아시아의 여왕 최유진에 대한 환상이 모두 깨진 수현이지만, 자신의 부름에 입안에 음식물을 모두 넘기지도 않고 대답을 하는 그녀의 털털한 모습에 잠시 할 말을 잊었다.

"누나! 일단 먹던 것이라도 다 넘기고 말을 하면 안 돼?"
"뭐 어때!"
수현은 자신의 스타가 너무도 털털한 모습을 보이는 것이 답답해 작게 투정을 해보지만 그녀의 반응은 하늘에서 내려온 요정이나 도도한 여왕이 아닌 볼 것 안 볼 것 다 본 친누이를 보는 것 같았다.
물론 수현은 외동아들이라 여자 형제가 없지만, 여자 형제가 있는 친구들의 이야기를 들어보면 여자에 대한 환상은 말 그대로 소설 속이나 스크린 속에나 존재하는 것뿐이었다.
수현도 최유진에 대한 환상이 끝나기까지 그리 오랜 시간이 걸리지 않았다.
경호원이 되면서 바로 그날 수현은 자신의 여왕도 억척같은 한국 엄마이고 아줌마였다는 사실을 알게 되었다.
그래도 며칠은 현실을 부정하며 버틸 수 있었지만, 한 달이 지나고 두 달이 지나면서 많은 것을 내려놓게 되었고, 지금은 그녀가 보여주는 것이 그저 외부에 알려지지 않기만을 바랄 뿐이다.
"왜 부른 건데?"
최유진은 자신을 부르고는 아무런 대답도 않는 수현에게 소리쳤다.
"아! 다름이 아니라 뭔가 느낌이 좋지 않아!"

"응? 그게 무슨 소리야? 느낌이 좋지 않다니!"

최유진은 수현의 대답을 듣고 고개를 갸웃거렸다.

그런 최유진의 질문에 수현은 아까 낮에 촬영장 주변을 돌아보다 들었던 소리를 이야기해주었다.

"뭐? 정말로 그런 소리를 들었단 말이야?"

너무 놀라 소리를 지르던 최유진은 얼른 소리를 지른 입을 막으며 작게 속삭였다.

"네! 분명 들어본 목소리였는데, 누군지 확신을 할 수가 없어요."

수현은 낮에 들었던 목소리를 다시 한 번 상기하며 대답을 하였다.

하지만 아무리 생각을 해도 이곳에 있는 출연배우나 촬영 스탭의 숫자가 너무 많아 목소리와 얼굴을 모두 매치를 시킬 수가 없었다.

이것은 아무리 보통 사람보다 지능이 높은 수현이라도 스쳐 지나간 관계로 그것을 기억하기란 불가능했다.

"알았다. 일단 조심할게!"

최유진은 수현의 이야기를 듣고 그렇게 대답을 하였다.

수현은 마음 같아서는 오늘 촬영을 중단시키고 싶었지만 지금 상황에서 촬영 중단을 시킨다는 것은 불가능했고, 그저 자신이 경호를 하기로 한 최유진이 사고의 피해자가 되지 않기만을 바랄 뿐이다.

"언니! 그냥 오늘 촬영 중단하고 다음에 찍으면 안 되는 거야?"

옆에서 이야기를 듣고 있던 이소진이 최유진을 말려보았다.

"그렇지 않아도 촬영이 늦어져 손해가 막대한데 증거도 없이 그럴 수는 없잖아!"

하지만 최유진은 원론적인 대답을 하였다.

물론 여주인공인 자신이 촬영을 못하겠다고 하면 조금 뒤 찍어야 할 씬을 찍지 않아도 된다.

그렇지만 그렇게 되면 아무리 자신이 톱스타라지만 촬영이 끝난 뒤 구설수를 피할 수 없다.

아무리 대단한 배우라 해도 한 번 구설수에 오르내리기 시작하면 그 배우의 생명은 오래가지 않는다.

잘 나갈 때야 아무런 소리도 나오지 않겠지만 조금만 잘못 되어도 그 일이 빌미가 되어 마치 먹이를 쫓아 달려드는 피라냐처럼 최유진을 물어뜯으려 할 것이다.

그러한 속성을 알기에 최유진은 지금까지 연예계 생활을 하면서 한 번도 빈틈을 보이지 않았다.

아니 단 한 번 본인의 잘못이 아님에도 빈틈을 보인 때가 있었는데, 그 사건은 바로 진성 토탈가드를 경호원으로 채용을 하고 진행을 했던 첫 단독 콘서트 때이다.

잘못된 업체선정으로 그녀는 처음으로 갖는 단독 콘서트

를 초장에 말아먹고 또 관련된 소송에서도 패소를 하면서 많은 상처를 입었다.

그렇기에 위험한 줄을 알면서도 그녀는 촬영을 감행하려는 것이다.

"난 먼저 쉬고 있을 테니 시간 되면 알려줘!"

최유진은 그렇게 말을 하고는 자신의 밴으로 향했다.

비록 촬영장 한쪽에 출연 배우들의 휴게실이 마련되어 있지만, 많은 출연진들이 몰리는 그곳에 최유진과 같은 주연 배우들이 가면 다른 보조 출연자들이 편하게 쉬지를 못한다.

그 때문에 주연이나 조연급 배우들은 각자 자신에게 배정된 개인 휴게실이나 자신이 타고 온 차나 친한 동료의 차에 동승해 휴식을 취한다.

게다가 최유진은 그동안 활동을 쉬다 몇 년 만에 연예계 복귀를 하는 것이다.

그러다 보니 친한 주조연급 여자 출연자가 없었다.

그렇다고 다른 남자 배우와 함께 있을 수는 없는 일 아니겠는가. 그래서 자신의 차에 가서 혼자 촬영 준비를 하려는 것이다.

최유진이 그렇게 휴식 차 자신의 차량으로 걸어가고 뒤에 남은 이소진과 수현은 잠시 그녀의 뒷모습을 가만히 지켜보았다.

"최고에 있다는 것은 참으로 어렵네요."

자신도 모르게 수현은 속으로 생각한 말을 입밖으로 떠들고 말았다.

"맞아. 특히나 유진 언니는 우러러보는 시선도 많지만 반대로 질시를 하는 사람도 엄청 많으니까."

이소진은 수현의 말에 고개를 끄덕이며 대꾸하였다.

수현은 자신의 말이 그런 뜻은 아니었지만, 결국은 대동소이했기에 그냥 넘어갔다.

*　　　*　　　*

"자자! 이번 장면은 민완 기자인 유진 씨가 성상납 장소로 짐작되는 별장에 잠입을 해서 취재를 하다 들켜 그곳을 탈출하는 장면입니다. 안전장치는 모두 설치가 되었지만 밤 촬영이다 보니 위험할 수 있으니 조심을 해주세요."

감독은 촬영 중 지워진 메이크업을 다시 받고 있는 최유진을 보며 이번 씬에 대한 주의점을 설명하였다.

"알겠어요, 걱정하지 마세요. 저 최유진이에요, 최유진!"

최유진은 메이크업을 받으면서 감독을 향해 큰소리를 쳤다.

그렇지 않아도 아까 저녁을 먹을 때 수현에게서 경고를 들었던 터라 이번 촬영이 걱정이 되지 않을 수 없었다.

마지막 촬영이다 보니 사고가 나도 이번에 나올 공산이 컸다.

그 때문인지 최유진은 자꾸만 위축되는 자신을 각성이라도 시키듯 큰소리를 친 것이다.

"알지! 우리 여왕님!"

감독도 최유진의 팬인지 그녀를 여왕님이라 부르며 웃어 보였다.

"그럼 유진 씨는 준비하고… 스턴트 팀!"

언더그라운드의 감독인 김청기는 최유진에게 당부를 하고 여주인공인 최유진 다음으로 이번 씬에서 중요한 역할을 하는 스턴트맨들을 불렀다.

잠입 취재를 위해 별장에 침입한 최유진이 도중에 발각이 되어 도주를 할 때, 최유진을 추적하는 경호원들로 분장을 한 이들이기에 김청기 감독은 최유진이 발각이 되어 도망치는 동선이나 추적을 하는 이들이 동선 등을 점검을 하며 촬영 중 어떻게 보일 것인지 까지 꼼꼼히 체크를 하였다.

"준비되었지?"

리허설이 끝나고 촬영에 들어갈 준비가 끝났다.

"액션!"

커다란 카메라를 목에 걸고 힘겹게 별장 외벽을 타고 올라간 최유진, 그녀는 조심스러운 몸짓으로 별장 2층 발코니 창문을 열고 안으로 들어갔다.

곳곳에 경호원들이 배치가 되어 있었지만 그곳은 경호원들이 배치가 되어 있지 않았는데, 그 이유는 바로 조금 떨어진 곳에 벌거벗은 여자가 약에 취해 쓰러져 있고, 그런 여자의 위에 나이라 많은 늙은 사내가 똑같이 벌거벗은 모습으로 열심히 무언가를 하고 있었기 때문이다.

유진은 목에 걸고 있던 카메라를 들고 그 모습을 찍었다.

찰칵!

작은 카메라 셔터 소리가 들리기는 했지만 사내 또한 뭔가에 취했는지 카메라 셔터 소리를 듣지 못한 듯 계속해서 여자의 몸을 짓누르고 있었다.

최유진은 그런 남녀를 뒤로하고 또 다른 방으로 향했다.

그 방에도 조금 전 첫 번째 방에서 본 것과 비슷한 장면이 연출이 되고 있었다.

그런데 카메라로 그 모습을 담던 최유진이 놀란 눈으로 하던 일을 멈추었다.

"저 사람은 여당의 중진 의원인 김OO이잖아!"

여자를 유린하고 있는 남자의 정체를 알게 된 유진은 멈췄던 행동을 다시 시작했다.

첫 번째 방에서 찍던 것 보다 더 많은 사진을 찍었다.

그렇게 몇 차례 방을 순회하며 카메라에 사진을 담던 어느 순간, 유진은 그만 들키고 말았다.

너무 놀라운 광경을 목격한 나머지 작은 소음을 내게 되고, 그 소음 때문에 발각되고 만 것이다.

이곳에는 국회의원뿐만 아니라 이름만 대면 알 수 있는 정관계 인사는 물론이고 방송국 국장과 신문사 간부까지 있었다.

그리고 더욱 놀라운 것은 이들과 섹스 파티를 하고 있는 여자들 속에는 유명 연예인까지 포함되어 있었던 것이다.

뿐만 아니라 이들은 약에 취해 자신들이 무슨 일을 하는지 모를 정도로 문란하게 섹스 파티를 즐기고 있었다.

촤르르륵!

긴박한 순간을 알리듯 심각한 유진의 표정이 카메라에 클로즈업 되어 찍히고, 클로즈업 된 화면에서 그녀의 이마에 흐르는 땀방울이 이 장면이 얼마나 긴박한지를 알 수 있게 하였다.

우당탕탕!

"누구냐! 잡아!"

발각된 유진이 처음 자신이 들어왔던 발코니로 도망을 치고, 그 뒤로 별장을 경호하던 이들이 그녀의 뒤를 쫓았다.

"좋아! 좋아!"

최유진과 경호원들의 추적 씬을 찍던 김청기 감독은 자신도 모르게 아주 작은 목소리로 중얼거렸다.

긴박한 상황을 연출하기 위해 장면을 끊어가지 않고 길게 롱 테이크로 찍어야 하기에 아직도 더 길게 촬영을 해야 하지만, 지금까지의 장면은 어느 하나 버릴 것 없이 완벽하게 진행이 되었다.

"조금만 더! 더! 더!"

간절한 소망이 담긴 목소리로 김청기는 최유진의 도망 장면과 그 뒤를 좇는 경호원들의 표정까지 줌인과 줌아웃을 번갈아 가며 촬영을 하였다.

그러고는 이윽고 추적 신의 하이라이트인 옥상 난간이 보였다.

이 장면은 도망치던 최유진이 추적자들을 따돌리기 위해 옥상 난간을 밟고 올라가 별장 옆에 자라는 커다란 나무로 뛰는 장면이다.

별장과 나무의 사이의 거리는 5m 정도 되는데, 보통 밝은 때라면 10m 가까이 되는 2층 옥상 난간의 높이 때문에 뛰어내릴 엄두가 나지 않겠지만, 늦은 밤이라는 것과 조금만 망설이면 추적자들에게 붙잡힌다는 위기감에 여기자가 난간을 밟고 5m 떨어진 나뭇가지로 뛰는 장면이다.

다다다닥!

옥상 끝에 다다른 최유진은 자신의 뒤를 쫓는 추적자들이 얼마나 쫓아 왔는지 살피고는 앞에 보이는 난간을 잡고 올랐다.

'어!'

막 난간을 밟고 뛰려는 최유진은 뭔가 이상한 감촉에 의아한 생각이 들었다.

하지만 지금은 생각을 할 때가 아니라 주어진 역할대로 난간에 올라 뛰어야 했다.

탁!

휙!

미끄덕!

하지만 막 난간 위에서 나뭇가지로 뛰려던 때 최유진은 그만 난간에서 미끄러지고 말았다.

“악!”

“어어!”

최유진이 뛰어내리기로 한 지점 밑에는 안전을 위해 충격 방지 매트가 깔려 있었다.

하지만 그것도 건물과 어느 정도 떨어진 곳에 위치해 있는데, 그 이유는 다음 장면에 최유진이 난간에서 필사의 탈출을 위해 뛰어 별장 옆에 자라는 커다란 나무의 가지를 붙잡고 내려와 탈출에 성공하는 장면이 있기 때문이다.

난간에서 뛸 때, 어느 정도 촬영 각도가 되어야 하기에 카메라에 매트가 잡히지 않도록 뛰는 장면에서 별장과 어느 정도 떨어진 곳에 매트리스를 깔아 놓은 것이다.

그런데 최유진은 중심이 무너져 디딤발에 힘을 주지 못해 매트리스가 깔린 곳까지 뛰지 못했다.

즉, 그대로 떨어지게 된다면 심각한 부상이 우려되는 상황이다.

잘못하면 부상으로 끝나지 않을 수도 있었다.

그 때문에 최유진이 떨어지는 모습을 지켜보던 사람들은 저마다 비명을 지르거나 고개를 돌리고 있었다.

그들이 할 수 있는 것이 아무것도 없다는 것과 뒤에 이어질 끔찍한 장면을 피하고픈 마음에 본능적으로 외면하고 만 것이다.

휘익!

한편 오늘 하루 종일 찜찜한 기분이 든 데다 뭔가 심상찮은 통화까지 들었던 수현은 최유진의 주변을 맴돌고 있었다.

그리고 촬영 마지막 장면에서 그만 사고가 터졌다.

수현은 아무런 생각 없이 떨어지는 최유진을 붙잡기 위해 달렸다.

혹시 몰라 카메라에 잡히지만 않도록 하며 별장 가까이서 최유진의 모습을 지켜보던 중이라 최유진이 옥상에서 떨어지는 것을 목격하고 바로 달려나간 것이다.

너무도 순식간에 일어난 사고이고, 수현이 카메라가 돌고 있는데도 주저 없이 뛰어든 것 역시 너무나 순식간이라 촬영장 안에 어느 누구도 수현의 행동을 제지하는 사람이 없었다.

타닥!

촬영 현장에 뛰어든 수현은 최유진이 땅에 떨어지기 전 별장의 벽을 차고 뛰어 올랐다.

믿기지 않는 움직임으로 별장 옥상에서 떨어지던 그녀를 공중에서 받은 수현은 다시 한 번 벽을 박차고 매트리스가 깔려 있는 곳으로 몸을 날렸다.

아무리 뛰어난 신체 능력을 가지고 있는 수현이라고 하지만 떨어지던 최유진을 공중에서 받은 상태 그대로 땅으로 떨어지게 된다면 본인은 물론이고 최유진의 안전도 보장할 수 없었다.

그래서 생각해낸 것이 바로 조금 떨어진 곳에 설치된 매트리스였다.

일반 매트리스도 아니고 높은 곳에서 떨어지는 사람을 안전하게 받기 위해 특수하게 제작된 충격 흡수 매트였다.

푸욱!

“와아아!”

수현이 최유진을 안고 매트리스로 떨어지기까지 몇 초 걸리지도 않았다.

최유진과 수현이 매트리스에 떨어지고 얼마 지나지 않아 그 장면을 지켜보던 사람들은 촬영도 중단하고 큰 소리로 환호성을 질렀다.

무엇 때문인지 알 수는 없지만 그 장면을 본 사람들은 환호성을 질렀고, 카메라로 그 장면을 지켜보던 김청기 감독도 놀란 가슴을 쓰러 안고 두 손을 높이 들며 환호했다.

"유진 씨! 괜찮아?"

가장 먼저 스턴트 감독이 매트리스 가까이 다가가 물었다.

하지만 10m 높이에서 떨어진 최유진은 아직 정신이 돌아오지 못해 눈만 깜박이고 있었다.

"잠시만요. 최유진씨는 안정이 필요합니다."

수현이 얼른 매트리스에서 내려와 그녀를 공주님 안기로 들고는 자신을 둘러싼 사람들에게 소리쳤다.

"어서 비켜!"

수현의 고함 소리를 들은 감독이 사람들에게 소리치며 길을 텄다.

"의사 선생님 불러!"

감독은 사람들을 물리고 뒤에 있는 조감독에게 촬영장에 대기하고 있던 의사를 부르라고 외쳤다.

위험한 촬영이 있는 때는 사고가 발생할지도 모른다는 생각에 구급차와 응급처치를 위한 의료진이 항시 대기를 하고 있었다.

정말 만에 하나를 위해 준비해둔 것인데 실제로 최유진에게 응급 상황이 발생한 것이다.

한편, 자신이 칠해놓은 구리스 때문에 최유진이 옥상 난간에서 떨어지는 장면을 본 이진구는 순간적으로 자신이 무슨 짓을 벌였는지 깨닫게 되었다.

'아! 내가 대체 무슨 짓을 벌인 거야!'

자신의 말을 따르지 않으면 부모님을 죽이겠다던 협박범의 협박에 굴복해 남들 몰래 옥상에 올라가 바닥과 난간에 미끄러운 구리스를 발랐다.

구리스는 설비팀인 그로서는 구하기 무척이나 쉬운 물품이었다.

각종 설비를 설치할 때, 무거운 장비들이 부드럽게 움직이게 만들기 위해 사용하고, 또 자동차 정비를 할 때도 가끔 쓰기도 하는 것이라 비상공구함에도 적은 양 가지고 다니기도 하기에 찾아보면 쉽게 찾을 수 있었다.

그러니 목격자가 없으면 누가 그런 것을 옥상 난간에 발랐는지 범인을 찾기도 어렵다는 생각이었다.

그런데 설마 최유진이 자신이 바른 구리스 때문에 옥상에서 떨어질 줄은 이진구 또한 상상하지 못했다.

그저 막연히 사고만 발생하면 부모님의 안전이 확보가 된다는 생각에 뒷일은 생각지 않고 일을 벌였는데, 막상 최유진이 자신 때문에 옥상에서 떨어지는 장면을 보고는 자신이 무슨 짓을 벌였는지 확실하게 깨달은 것이다.

Chapter 6

재계약

야외 옥상 추격 씬이라 안전에 최대한 중점을 두고 준비를 했지만 사고는 예상치 못한 곳에서 발생을 하였다.

그저 난간에 올라 바닥에 설치한 매트리스에 뛰어 내리기만 하는, 조금 담대하게 마음먹고 뛰어 내리기만 하면 되는 아주 간단한 장면이었다.

더욱이 내용상 속도감과 긴박감이 살아나야 하는 아주 중요한 장면이라 장면을 끊어가지 않고 롱테이크로 촬영을 감행하기로 결정을 하였다.

이는 그곳에서 뛰어내리기로 되어 있는 최유진도 동의한 내용이다.

감독인 김청기도 처음엔 별로 위험한 장면은 아니었지만 혹시나 사고가 있을지도 모른다는 생각에 이곳에서 끊고 대역을 써서 최유진의 액션 장면을 따다 붙이려는 생각도 했었다.

하지만 그렇게 하면 장면이 잘 살지 않는다는 단점이 있었다.

아무리 베테랑 대역을 쓴다고 해도 일단 연기자 본인이 아니다보니 어딘가 어색한 부분이 남게 된다.

그 때문에 아주 위험한 씬 말고는 최유진은 본인이 직접 하기를 원했다.

그리고 끊어서 갈 장면도 작품의 질을 높이기 위해 최대한 길게 찍기를 요구했다.

그런 최유진의 결정에 다른 배우들도 박수를 보내고 있었기에 감독인 그가 굳이 배우가 원하는데 마다할 일은 아니었다.

감독의 입장에서는 배우에게 그런 것을 요구하기 조심스러웠는데, 배우가 나서서 그런 유구를 하니 불감청 고소원이라고 아주 좋아하였다.

그런데 막상 사고가 터지니 김청기 감독은 당장 어떻게 조치를 해야 할지 갈피를 잡지 못했다.

그리고 다른 촬영 스탭들도 자신들의 우두머리인 감독이 정신이 없으니 그들 또한 마찬가지로 우왕좌왕할 뿐이었다.

하지만 그런 관계자들 뒤로 촬영 스탭과 출연자들과 떨어진 조금 한적한 곳에서 최유진의 사고를 누군가에게 보고하는 사람이 있었다.

"그자가 작업을 하기는 했지만… 별다른 성과를 내지는 못한 것 같습니다."

전화를 하는 남자는 최유진이 옥상에서 떨어질 때, 수현이 그녀를 받아 안전하게 매트리스로 떨어지는 것을 지켜보았다.

그래서 자신에게 지시를 내린 사람의 또 다른 명령을 받기 위해 보고를 하는 것이다.

"아닙니다. 대포 폰을 사용했기에 흔적은 남지 않았습니다."

원래 계획대로 사고가 났다면 혼란한 때를 틈타 흔적을 지울 계획이었는데, 사고를 당한 최유진이 생각보다 무사하기에 혼란은 계획한 것보단 크지 않았다.

게다가 수현이라는 예상치 못한 변수가 등장하면서 상부로 보고를 올려야겠다고 판단한 것이다.

보고를 받던 그의 상급자는 그에게 흔적을 지울 시간이 부족하면 자신들과의 연결 고리를 끊으라는 지시를 내렸다.

그에 사내는 협박을 받아 옥상 난간에 작업을 한 이진구와 통화를 하던 것이 대포 폰임을 알린 것이다.

사내는 처음부터 이진구를 협박하면서 자신들의 꼬리가

밝히는 것을 우려해 불법 대포 폰을 사용했다.

어차피 불법적인 일을 하는 자들이니 법을 어기는 것 정도는 아무런 거리낌도 없었다.

“걱정하지 마십시오. 지금이 아니라도 이번 촬영을 방해할 방법은 많이 있습니다.”

사내는 보고를 하면서 수현이 최유진을 안아 옮기는 것을 계속해서 주목했다.

* * *

탁!

차 문이 닫히고, 최유진은 수현의 목을 감싸고 있던 것을 풀었다.

하지만 조금 전 옥상에서 떨어지던 공포감에서 벗어나진 못했는지 눈을 꼭 감은 상태에서도 수현의 소매를 붙잡고 놓지 않았다.

“언니! 괜찮아?”

수현이 사고를 당한 최유진을 안고 그녀가 쉴 곳을 찾아 이동하자 매니저인 이소진은 급히 그 뒤를 따라 밴으로 들어왔다.

원래는 가까운 배우 휴게실에 눕히려 하였지만 최유진이 익숙하지 않은 공간 보다는 안정을 위해 편하고 익숙한 공간이 좋을 것이라는 판단에 그녀의 밴으로 옮긴 것이다.

"조금 뒤에 의사 선생님이 오실 거야! 조금만 참아!"

"소진아."

이소진은 어떻게든 사고를 당한 최유진을 안정시키기 위해 이야기를 했는데, 최유진은 그런 이소진의 말을 끊고 그녀를 불렀다.

"네, 언니!"

최유진의 부름에 이소진은 얼른 대답을 하였다.

"조금만 이렇게 쉬면 괜찮아 질 것 같으니 감독님께 의사는 됐다고 말해줘."

"언니, 괜찮겠어?"

"응, 지금은 아직 옥상에서 떨어진 충격 때문에 그런 것이니 촬영은 조금 뒤에 하자고 전해줘."

최유진은 자신의 사고보다 마지막 촬영이 사고 때문에 연기될지도 모른다는 생각이 앞섰다. 그래서 조금 진정되는 대로 촬영을 재개하고자 하는 것이다.

"누나 괜찮겠어요?"

옆에서 이야기를 듣고 있던 수현이 그녀를 보며 물었다.

아직도 자신의 소매를 잡고 있는 그녀의 손이 잘게 떨리고 있는 것이 느껴졌기 때문이다.

"응, 나는 괜찮아! 괜찮아야지!"

그녀는 마치 자신에게 다짐이라도 하듯 괜찮다는 말을 계속해서 하였다.

그런 최유진의 모습에 수현은 물론이고 아직 차에서 내리지 않은 이소진도 톱스타 최유진이 그냥 예쁘고 끼만 많은 연예인이 아니라는 것을 알게 되었다.

'톱스타는 괜히 톱스타가 아니구나!'

수현은 속으로 그렇게 생각을 하였다.

학창시절에는 막연히 예쁘고 노래와 춤은 물론이고 연기며 예능까지 팔방미인에다 인기도 최정상이었기에 좋아하던 최유진이다.

말 그대로 수현에게 최유진은 우상이었다.

하지만 전 여자친구인 안선혜가 연예계에서 성공하면서 성격이 돌변하고 이전에는 보지 못했던 좋지 못한 모습들을 보여주면서 연예계라는 곳이 결코 TV통해 보이는 화려한 곳이 아닌 더럽고 무서운 곳이란 생각을 가지게 만들었다.

그런데 방금 최유진을 통해 살짝 보게 된 세계는 수현이 생각하던 그런 막 되어 먹은 막장은 아니란 것을 새롭게 깨닫게 하였다.

띠링!

— 새로운 깨달음을 얻었습니다. 정신 스탯 1이 올랐습니다.

정신 스탯이 올랐다는 알람이 울렸지만 지금은 수현의 귀에 그런 소리가 들어오지 않았다.

그저 자신이 경호하는 최유진의 프로페셔널한 모습에 경외감을 가질 뿐이었다.

"언니, 그럼 난 감독님께 언니가 한 말 전하고 올게요."

"그래 어서 다녀와."

"네, 수현 씨 언니 잘 부탁해요. 난 금방 다녀올게요."

"알겠습니다. 다녀오십시오."

드르륵!

탁!

말이 끝나기 무섭게 이소진은 급히 차에서 내려 촬영장으로 뛰어갔다.

뒤에 남은 수현과 최유진은 한동안 아무런 말도 하지 않고 그대로 있었다.

최유진은 최유진대로 조금 전 사고에서 벗어나기 위해 마음의 안정을 취하기 위해 침묵을 한 것이고, 수현은 그런 최유진이 아무런 방해 없이 자신의 정신을 추스르기를 기다린 것이다.

* * *

마음이 안정이 되자 최유진은 다시 촬영장으로 돌아갔다.

"감독님! 죄송해요."

"아니 그게 유진 씨가 사과할 일인가? 음……."

김청기 감독은 최유진의 사과에 대답을 하다 말고 말을 얼버무렸다.

뭔가 일이 있는 듯한데 이야기를 하지 않는 것은 함부로 이야기 할 수 있는 내용이 아니기 때문일 것이다.

"무슨 일 있나요?"

최유진은 반응이 이상한 김청기 감독을 보며 이상한 기분에 질문을 하였다.

"그게 말이지……."

유진의 질문에 김청기 감독은 계속해서 자신이 알고 있는 것을 최유진에게 이야기를 해야 하나 말아야 하나 고민을 하는 것 같았다.

"혹시 제게 벌어진 것이 누군가 일부러 만든 사고이기 때문인가요?"

난간을 잡고 오를 때 손에 느껴지던 감촉이 아직도 생생히 기억나는 최유진은 자신의 느낌이 착각이 아니었음을 짐작하고 물었다.

그런 최유진의 물음에 김청기 감독은 조금 전 최유진이 중심을 읽고 떨어진 옥상 난간을 확인했던 이야기를 들려주었다.

이야기를 들은 최유진은 감독에게 오늘 낮에 자신의 경호원인 수현에게서 들었던 이야기를 하였다.

"으음!"

최유진에게서 이야기를 들은 김청기 감독은 자신도 모르게 작게 신음성을 흘렸다.

이 영화를 찍기 전 최대명 사장에게서 위협이 있을 것이란 이야기를 듣기는 했지만 설마 했었다.

더욱이 주변에 경호원들이 둘러쌓고 있는 상태에서 이런 일을 벌어질 것이라 짐작도 못했다.

하지만 열 포졸이 도둑 하나 못 잡는다고 했던가. 아무리 경호원들을 촬영장 주변에 배치를 했어도 일이 터졌다.

사실 김청기 감독은 사고가 터지고 난 후 현장을 살폈다.

그리고 옥상 난간에 구리스가 칠해져 있는 것을 확인하고 촬영장 주변을 경계했던 진성 토탈가드의 경호원들을 닦달했다.

그들이 경계를 어떻게 했기에 이런 사고가 일어날 수 있는지 한바탕 호통을 쳤다.

그런데 최유진의 이야기를 듣고 보니 외부의 침입이 아닌 내부자의 소행이란 것을 알게 되었다.

내부에 동조자가 있어 구리스를 최유진이 뛰어내릴 옥상 난간에 칠했다는 것을 알게 되면서 자신의 스탭들에 대한 신뢰도에 균열이 갔다.

출연 배우들이 그런 일을 할 일은 없을 것이니 의심을 한다면 단연 촬영 스탭일 것이고, 김청기 감독의 생각은 옳았다.

그렇지만 그런 것을 이 자리에서 밝힐 수는 없었다.

그랬다가는 촬영 중반으로 접어드는 지금, 모든 출연자들이 영화 촬영을 거부할 것이 분명했기 때문이다.

어찌 되었든 이번 사고에 대해 알고 있는 몇몇 만 알고 내부적으로 범인을 수색해야 했다.

이대로 촬영이 중단이 된다면 사고를 일으킨 자들의 의도대로 되는 것이기 때문이다.

이는 감독이나 최유진도 원하지 않는 일이다.

최유진과 김청기 감독은 그렇게 조금 전 사고를 일단 넘어가기로 하였다.

하지만 내부적으로는 계속해서 사고를 일으킨 사람과 그 배후를 찾아보기로 합의를 보았다.

"일단 그렇게 하고, 촬영 마무리해야죠?"

"그래야지."

당찬 최유진의 말에 김청기 감독도 대답을 하며 자리에서 일어났다.

최유진은 감독을 따라 촬영장으로 가면서 뒤에 따라오는 수현을 돌아보았다.

그리고는 수현을 향해 살짝 윙크를 하였다.

최유진의 신호를 받은 수현은 최유진이 촬영장으로 들어

가 출연진들과 이야기를 나누는 것을 지켜보다 촬영장 주변을 돌기 시작했다.

원칙대로라면 경호원인 수현은 최유진의 곁에서 떨어지면 안 되는 일이다.

하지만 촬영장으로 오기 전 최유진의 부탁으로 이번 사고의 범인을 찾아보기로 하고 감독과 이야기가 잘 되면 신호를 주기로 하였다.

* * *

수현이 생각하기에 범인은 분명 촬영 스탭 중 한 명 이상일 것이라 생각을 하였다.

아무리 외진 세트장이라 하지만 영화 촬영이 진행이 되고 있는 촬영장에서 혼자 있을 수 있는 기회가 얼마나 될 것인가. 그 때문에 실행에 옮긴 사람과 더불어 그 사람이 무사히 작업을 할 수 있게 망을 봐준 사람이 분명 있을 것이라 짐작을 하고 사람들을 살피기 시작했다.

그런데 이런 수현의 생각은 반은 맞고 반은 틀렸다.

결과적으로야 수현의 추리가 맞기는 하지만 범행을 저지른 이진구는 분명 혼자 일을 벌였다.

부모의 목숨을 가지고 협박을 하다 보니 시간에 쫓긴 그는 자신의 범행이 들키거나 말거나 일을 저지르고 만 것이다.

다만 그를 협박하던 사람이 인근에서 그의 행동을 지켜보며 그의 범행을 도왔다는 것이 다를 뿐이다.

"그런 일 하나 제대로 못하다니 실망인데!"

촬영장 주변을 돌아다니며 촬영 스탭들을 살피던 수현의 귀에 목소리가 들려왔다.

하지만 그 목소리는 오늘 낮에 들었던 목소리가 아니었다.

그런데 그가 하는 이야기가 뭔가 심상치 않았다.

그래서 발소리를 죽이며 빠른 걸음으로 목소리가 들린 곳으로 향했다.

조명도 꺼진 촬영장 구석에서 검은 그림자가 보이고, 누군가를 협박하는 목소리가 들렸다.

"그건 당신 사정이고, 촬영이 중단되게 하라는 내 부탁은 이루어지지 않았지 않은가?"

수현은 살금살금 걸어서 목소리가 들리는 곳 5m내로 접근을 하였다.

아직까지 전화 통화를 하고 있는 사람은 수현의 존재를 눈치 채지 못하고 있는 듯 계속해서 누군가를 협박하고 있었다.

그렇게 가까이 접근한 수현은 결정적인 때를 기다렸다.

괜히 흥분해 일을 서둘렀다가는 자칫 일을 망칠 수도 있었다.
수현은 협박범이 눈치 채지 못하게 살짝 그의 모습을 확인했다.
'어!'
통화를 하고 있는 범인의 모습을 확인한 수현은 깜짝 놀랐다.
등을 돌리고 통화를 하고 있는 협박범이 자신의 예상과 다르게 촬영 스탭 중 한 명이 아니라 진성 토탈가드의 제복을 입고 있었기 때문이다.
'설마 공범이 진성의 경호원들 이었단 말인가?'
영화 촬영 전반에 걸쳐 보안을 책임지고 있는 진성 토탈가드가 범인이라면 문제가 심각했다.
진성 토탈가드는 대한민국에서 손꼽히는 보안 업체다.
더욱이 구성원 모두가 군 특수부대 출신이거나 경찰 특공대를 나온 사람들이다.
그런데 그런 사람들을 범죄에 동원을 할 수 있는 사람이라면 그 권력도 상당할 것이란 생각이 든 수현은 어떻게 해야 할지 순간 갈피를 잡을 수가 없었다.
'어떻게 하지?'
이렇게 수현이 잠시 고민을 하고 있을 때, 협박범이 통화를 마치려 하고 있었다.
"다시 한 번 기회를 주지! 이번에도 제대로 일을 하지 못한다면 각오하는 것이 좋을 거야! 알겠나?"

탁!

"일이 끝나면 이놈도 처리를 해야겠군!"

전화를 끊은 협박범은 그렇게 중얼거리며 이진구가 작업을 성공해도 자신과 연관된 흔적을 지우기 위해 그를 죽이겠다고 마음먹었다.

그런 소리를 가까운 곳에서 듣고 있던 수현은 고민을 멈추고 일단 그를 붙잡기로 결정을 하였다.

"멈춰!"

수현이 숨어 있던 곳에서 몸을 드러내며 소리쳤다.

"어!"

아무도 없을 것이라 생각했던 협박범은 갑자기 뒤에서 수현이 튀어나오자 깜짝 놀랐다.

"누, 누구냐!"

"내가 누구인지는 중요하지 않아!"

수현은 자신의 정체를 물어오는 협박범을 쳐다보며 낮게 중얼거렸다.

"지금 이 순간 중요한 것은 조금 전 최유진 씨에게 벌어진 사고와 당신이 연관이 있다는 것이지."

수현은 그렇게 협박범에게 말을 하며 점점 그에게 다가갔다.

한편 갑자기 수현이 뒤에서 튀어나온 것 때문에 놀랐던

협박범은 흐릿한 가로등 불빛 사이로 들어나는 수현의 얼굴을 보고 속으로 안심을 하였다.

비록 수현의 덩치가 좀 크기는 했지만 그 또한 수현에 비해 작지 않았고, 더욱이 수현의 얼굴이 상당히 어려 보인다는 것이 그를 안심하게 만들었다.

"내가 통화하는 것을 들었나?"

사내는 조금 전 당황했던 것과는 다르게 너무도 안정된 목소리로 물어왔다.

그런 사내의 반응에 수현은 눈을 반짝였다.

'역시 평범한 사람은 아니야!'

진성 토탈가드의 제복을 입고 있지만 그가 정말로 진성의 경호원인지 아직 확신을 할 수는 없었고, 방금 전 놀랐던 상황에서 금방 평정심을 찾고 목소리가 안정이 된 것을 보고 다시 한 번 주의를 하였다.

"그냥 조용히 있었더라면 무사했을 텐데, 안 됐군!"

휘익!

사내는 말을 하다 말고 기습적으로 공격을 해왔다.

하지만 사내의 기습은 수현에게는 통하지 않았다.

수현의 신체 능력은 일반 사람을 넘어선 지 오래다.

신체 능력이 일반인의 배가 넘는 스탯을 가지고 있어 기습적인 빠른 공격이었지만 수현의 눈에는 그저 굼벵이가 기어가는 그런 움직임이었다.

수현은 자신을 공격해 오는 사내의 주먹을 두 눈으로 확인을 하면서 살짝 몸을 틀어 그 공격을 흘린 뒤 왼손으로 카운터를 먹였다.

퍽!

"윽!"

가볍게 카운터를 먹인 것이었지만, 수현은 힘 스탯이 30이 넘었고, 민첩 스탯 또한 30이 되었다.

이것은 운동선수가 가지고 있는 힘 스탯이나 민첩 스탯의 두 배에 육박하는 수치다.

그러니 수현이 가볍게 공격을 했다고는 하지만 그것을 카운터펀치로 맞은 상대는 그 타격이 가볍지 않았다.

자신의 반격에 휘청거리는 상대를 그냥 두고 보지 않고 수현은 바로 사내의 뒤로 돌아 들어가 무릎 뒤 슬개골을 걷어찼다.

그러자 사내는 무릎이 접히며 자리에 주저앉았다.

연속된 수현의 공격에 무방비 상태로 주저앉은 상대의 틈을 놓치지 않고 수현은 그의 오른쪽 손목을 잡아 뒤로 비틀어 꺾었다.

"악!"

수현에게 팔이 비틀린 사내는 오른팔에서 전해지는 고통에 비명을 질렀다.

하지만 수현은 거기서 그치지 않고 팔을 붙잡은 상태에서 그를 앞으로 밀었다.

그러자 사내는 앞으로 엎어졌다.

"윽!"

앞으로 엎어진 사내는 비명을 지르며 수현의 품에서 벗어나기 위해 몸부림을 쳐봤지만, 단단히 붙잡힌 손아귀를 떨치지 못하고 수현의 밑에 깔리고 말았다.

사내가 자신의 밑에 깔려 단단히 제압이 되자 그의 허리에 걸려 있는 수갑을 빼어 그의 팔목에 걸었다.

찰칵!

드르륵!

"윽!"

수갑이 손목을 조이자 사내는 작게 비명을 질렀다.

일부러 수갑을 바짝 조였기에 그곳에서 전해지는 압력이 상당했기 때문이다.

하지만 사내가 고통에 비명을 지르거나 말거나 수현은 그자를 제압하고 그의 품을 뒤졌다.

사내의 품속에서는 두 개의 휴대폰이 나왔다.

둘 중 하나가 바로 조금 전 누군가를 협박하던 전화일 것이다.

"일어나!"

수현은 증거품을 확보하고 사내의 뒷덜미를 잡고 그를 일으켰다.

그리고 한창 촬영이 진행이 되는 곳으로 그를 데려갔다.

*　　*　　*

범인이 잡혔다. 물론 그자는 옥상 난간에 구리스를 칠한 진범은 아니지만 범인이 그렇게 할 수밖에 없도록 그를 협박한 배후였다.

더욱 놀라운 것은 수현이 붙잡은 사람의 정체였다.

그 사람은 바로 진성 토탈가드의 경호원이 맞았다.

그는 경찰에서 자신도 누군가로부터 부탁을 받았다고 진술했다.

평소 도박 빚이 있었는데, 이번 일을 해주면 도박 빚을 대신 갚아 준다고 해서 의뢰를 받아 들였다고 했다.

다만 직접 하기에는 위험부담이 있어 대신 이진구를 협박했다고 진술했다.

협박을 받기는 했지만 직접 옥상 난간에 구리스를 바른 이진구도 사내의 진술이 있은 뒤에 긴급 체포가 되었다.

비록 협박이 있었다고는 하지만 범행에 동조를 한 것이니 처벌을 면할 수는 없었다.

하지만 사고 조사는 거기까지였다.

처음에는 경찰이 사건을 더욱 파고들어 그 배후까지 조사를 하려 하였지만 어찌 된 일인지 수사는 중단이 되고 단순히 배우 최유진에게 앙심을 품은 진성 토탈가드의 경호원 중 한 명이 최유진을 테러한 것으로 결론을 지었다.

처음 협박범을 붙잡은 수현은 조사 초기 그자가 한 이야기를 들었는데, 결론이 그렇게 나자 의아해하였다.

하지만 사고 당사자인 최유진이나 대명 필름의 사장 최대명은 일이 그렇게 마무리 될 줄 알았는지 경찰의 발표를 그냥 그러려니 하고 넘어갔다.

수현은 모르고 있었지만 최유진이나 최대명은 배후에 대해 어느 정도 짐작하고 있었다.

영화 촬영이 준비될 때부터 최대명과 최유진은 협박을 받고 있었기 때문이다.

다만 두 사람이 유명인사라 함부로 테러를 할 수 없었기에 무사했던 것이다.

그런데 촬영이 들어가니 협박을 하던 세력에서 더 이상 참지 못하고 하수인에게 의뢰를 한 것이었다.

사고가 크게 나면 영화 제작은 중단이 될 것이고, 더욱이 사실상 단독 주연이나 마찬가지인 최유진이 사고를 당한다면 그 여파는 상당할 것이기에 자신들의 말을 듣지 않은 최유진이나 최대명에게 충분한 경고가 될 것이라 생각했을 것이다.

다만 최유진의 경호원이 단순한 경호원이 아니었다는 것이 변수였다.

특수부대 출신도 아닌, 겨우 태권도 사범 출신의 경호원이었다.

그런데 최유진의 사고도 방지하고 또 범인까지 붙잡은 것이다.

수사가 더욱 깊이 들어오자 어둠 속에 있던 자들은 자신들의 권력을 이용해 사건을 덮기로 하였다.

아무리 최유진과 최대명이 연예인이라지만 결코 만만한 인지도를 가지고 있는 존재들이 아니었다.

현대 사회에서 힘이란 것은 단순히 권력이나 금력만 있는 것이 아니다.

만인의 생각을 움직일 수 있는 것도 힘이었다.

최유진이나 최대명은 충분히 사람들의 생각을 움직일 수 있는 힘을 가지고 있는 사람들이다.

몇몇 사람들은 그래봐야 딴따라 아니냐며 이들을 비하하지만, 사람들의 애환을 위로하고 울고 웃게 만드는 힘은 결코 가볍게 다룰 만한 것이 아니다.

그랬기에 배후에서 사고를 조장했던 이들이 직접 나서지 못하고 뒤에서 음모를 꾸몄던 것이다.

한바탕 사건이 휘몰아친 뒤, 더 이상 언더그라운드의 촬영을 방해하는 일은 없어졌다.

그만큼 사람들의 관심이 이곳에 쏠렸기 때문이다.

도대체 얼마나 대단한 비밀이 담겨 있기에 사고를 가장해 영화 촬영을 방해했을 것인가 하는 호기심과 아시아의 여왕 최유진의 복귀작이란 이슈 때문에라도 팬들의 관심이 상당했다.

그러니 영화 언더그라운드가 마음에 들지 않아 하는 세력도 더 이상 일을 꾸밀 수 없었다.

*　　*　　*

"컷!"

김청기 감독의 컷 소리가 무척이나 크게 들렸다.

짝짝짝!

김청기 감독의 컷 소리가 끝나기 무섭게 주변에 있던 스탭들과 배우들이 일제히 박수를 쳤다.

우여곡절이 많았던 영화 언더그라운드의 촬영이 마침내 마무리되었기 때문이다.

이제부터는 그 동안 찍었던 필름을 가지고 편집 작업만 남았을 뿐이다.

"수고하셨습니다."

"감독님 수고하셨습니다."

촬영이 끝나기 무섭게 여기저기서 고생했다며 서로를 격려하는 소리들이 난무했다.

수현은 감독 곁에서 촬영이 마무리되기를 기다리던 중 감독에게 다가오는 최유진의 모습을 보았다.

조직 폭력배와 연예 기획사, 재계와 정치인, 그리고 언론사와 방송국의 검은 고리를 적나라하게 담아낸 영화 언더그라운드가 마지막 촬영을 마쳤다.

3년 만의 스크린 복귀작을 주연, 그것도 남자 주인공도 아니고 여자 주인공이 이끌어 가는 것은 한국의 정서상 상당히 모험적인 일이었다.

물론 최유진 이전에도 영화에서 여자 주인공이 단독으로 이끌어간 작품이 없는 것은 아니었다.

하지만 그 영화는 기대와 다르게 형편없는 흥행 성적을 거뒀다.

해외 영화 페스티벌에서 수상을 하고 주목작으로 찬사를 받았음에도 국내 흥행에서는 좋은 성적을 내지 못했다.

너무 홍보에 힘을 쏟은 관계로 관객의 기대감이 너무도 높아진 나머지 오히려 기대만 못하다는 혹평을 들었던 것이다.

그러니 지금 촬영을 마친 최유진은 처음 영화 촬영을 들어가던 때보다 더 긴장을 하였다.

마지막 촬영이 끝났기에 이제는 자신의 품에서 떠났다.

그렇기에 이젠 어떻게 해도 더 좋은 작품이 나오지 않는다.

그저 감독인 김청기가 제대로 편집을 하기를 바라는 수밖에 없었다.

고생한 만큼 후련한 마음도 있지만 그 뒤에는 흥행에 대한 두려움도 있었다.

"누나, 고생하셨어요."

수현은 그녀에게 다가가 그렇게 위로를 하였다.

더 이상 어떤 말도 그녀에게 들리지 않을 것이기에 그렇게만 위로의 말을 할 뿐이다.

"으응, 그래 고맙다."

최유진은 자신을 위로하는 수현의 말에 살짝 미소를 지으며 대답을 하였다.

"감독님! 전 이만 가볼게요. 시사회 때 뵈요."

최유진은 김청기 감독에게 그렇게 말을 하고 자리를 떠났다.

한참 스탭들을 챙기던 김청기 감독도 최유진에게 인사를 하고 촬영을 마무리했다.

*　　　*　　　*

촬영이 끝나고 돌아가는 차 안은 무척이나 조용했다.

이전에는 차를 타면서도 대본 연습을 하는 최유진의 목소리나 아니면 스케줄에 대한 이야기를 하는 이소진의 목소리가 울렸는데, 오늘은 아무도 말을 하지 않았다.

하지만 그런 것을 참지 못한 것인지 최유진이 먼저 입을 열었다.

"아, 답답해!"

"언니, 뭐 다른 시킬 것 있으세요?"

답답하다고 말을 하는 최유진 때문에 운전을 하고 있던 이소진이 물었다.

"아니, 그런 건 아닌데, 갑자기 일이 끝났다 생각하니 축 처지기도 하고, 또 그런 내 눈치를 보느라 조용히 하는 너희 때문에 좀 그렇고……."

"아!"

최유진의 말에 이소진은 물론이고 수현은 속으로 깜짝 놀랐다.

자신은 그저 기분이 별로인 것 같아 눈치를 보는 것인데, 최유진이 그것을 신경 쓰고 있었다니 놀랐다.

"그러고 보니 수현이랑 계약을 한 지 벌써 다섯 달이 넘었네."

"네."

그동안 생각지도 않았는데, 수현은 자신이 최유진의 경호원이 된 것을 따져보니 벌서 5개월이나 되었다.

처음 그녀의 소속사에 가서 계약을 한 것이 5개월 전이고, 계약 기간은 6개월이므로, 앞으로 최유진의 경호원으로 있을 수 있는 시간은 1개월뿐이었다.

그것도 며칠 빠지는 1개월 말이다.

그런 이야기를 들으니 수현의 기분도 급 다운이 되었다.

그 동안 경호를 하면서 그녀의 안전을 신경 쓰느라 아무런 생각이 없었다.

하지만 곧 계약 기간이 끝난다 생각을 하니 앞일이 걱정이 되었다.

경호원을 하면서 그래도 많은 돈을 벌었다.

그렇지만 새로운 일거리를 찾아야 한다는 것은 너무도 막막했다.

경호원을 하면서 짧은 기간에 큰돈을 벌어서 그런지 이전 태권도 사범의 일이 너무도 시원찮게 생각이 들었다.

그렇다고 경호 회사에 들어가 이만한 대우를 받을 수 있다는 생각도 들지 않았다.

수현이 이런 생각을 하는 것은 이번 진성 토탈가드를 보았기 때문이다.

최유진을 테러하려던 사건의 범인이 영화 촬영의 보안을 책임지던 진성 토탈가드의 경호원들 중 한 명이란 것이 알려지면서 진성 토탈가드는 도마 위에 오르게 되었다.

범인이 그곳에 정식 직원으로 채용이 되었던 사람이기에 당연했다.

다행히 보안 업체인 진성 토탈가드는 그 사건과 아무런 연관이 없는 것으로 밝혀지면서 신뢰성에 관해서 의심을 받기는 했지만 회사를 지키는 데는 성공을 하였다.

그런데 아이러니하게도 진성 토탈가드가 혐의를 벗어나는데 결정적인 공헌을 한 것이 수현이었다.

촬영장 구석에서 범인이 대포 폰으로 누군가와 통화를 했던 현장에서 그를 붙잡는 바람에 진성의 협의가 벗어났다.

만약 현장에서 대포 폰을 찾아내지 못했다면 아마도 진성은 범죄자 집단으로 몰려 풍지박살이 났을 것이다.

그 때문에 촬영 초기 척을 세우던 관계에서 많이 좋아져 가끔 쉬는 시간에는 이야기를 할 정도로 발전을 하였다.

물론 처음부터 그렇게 된 것은 아니고 아주 작은 기회로 말을 트게 되었고, 관계가 발전한 것이다.

그러면서 경호원에 관해 잘 알지 못하는 수현은 이론으로만 공부를 하던 것을 그들에게 물어보게 되었다.

그리고 진성 토탈가드의 경호원들은 자신들이 실전에서 경험한 것들을 수현에게 알려주게 되었고, 그것이 인연이 되어 지금에 이르게 되었다.

처음 시작은 잘못 되었지만 촬영 막바지에는 진성이나 수현 모두 좋은 관계로 발전을 하게 된 것이다.

그러니 수현으로서는 앞으로가 고민이 되지 않을 수 없었다.

지금 수현이 최고의 스타인 최유진의 개인 경호원으로 있기에 많은 월급을 받고 있지만 사실 수현은 경호원에 대한 어떤 자격증도 없었다.

그저 개인적 친분으로 소개를 받아 지금의 자리에 있는 것이니 나중에 경호 업체에 들어간다 해도 정당한 대우를 받기란 요원했다.

그렇다고 이미 뒤통수를 맞아 흥미가 떨어진 태권도 사범을 한다는 것도 마음에 들지 않았다.

그동안 경호원을 하면서 모은 돈이라면 작은 태권도 체육관을 신설할 수 있겠지만 이미 흥미를 잃은 일이라 관심이 없었다.

그러다보니 수현은 고민이 되지 않을 수 없었다.

'앞으로 뭘 하지?'

방금 전 최유진이 물어본 한마디 때문에 수현은 표정이 굳었다.

그런 수현의 표정을 본 최유진이 조심스럽게 물었다.

"수현아! 혹시 내 경호 하는 일을 좀 더 연장을 하자고 하면 어떻게 할래?"

최유진은 진지한 표정으로 수현을 쳐다보며 물었다.

"네?"

"물론 영화 촬영도 끝나서 위협은 더 이상 없겠지만 경호원은 필요하거든!"

톱스타인 최유진이 최근 활동을 하지 않아 경호원이 필요가 없었지만, 복귀작을 찍고 복격적으로 활동을 하려고 하니 경호원이 필요한 것도 사실이다.

다만 얼마 전 협박을 당할 때와 다르게 그 위험 수위가 그리 높지 않기에 이전에 체결한 급여 수준을 맞춰주기는 힘들었다.

그래서 최유진이 조심스럽게 수현의 의사를 물어본 것이다.

"그런데 왜 그렇게 조심스럽게 물어보세요?"

"그게… 너도 짐작하겠지만 현재 네가 받고 있는 급여 수준을 맞추기는 어려울 것 같아서 그렇지."

최유진은 단도직입적으로 이야기를 하였다.

사실 수현이 현재 받고 있는 경호원 급여는 상당한 수준이었다.

특별히 자격증을 취득하고 수년을 현장에서 뛴 베테랑 경호원들이나 받을 수 있는 수준이었다.

그런데 수현은 경호원에 대한 아무런 경험도 없으면서도 그러한 급여를 받고 있다.

이 모든 것이 신분이 확실하다는 것, 즉 보증인이 최유진이나 이재명이 잘 알고 있는 최대명이었다는 것과 시간이 촉박했다는 이유 등이 복합적으로 작용을 해서 그렇게 높은 급여가 책정이 된 것이다.

하지만 앞으로는 그럴 수 없었다.

일단 신뢰도는 쌓였으니 어느 정도 높은 급여를 받을 수는 있겠지만 현재와 같은 금액은 아닐 것이다.
하지만 방금 전까지 자신의 앞날에 대한 불확실성 때문에 불안해하던 수현에게는 지금 최유진의 제안은 오랜 가뭄 끝에 내리는 단비와도 같았다.
"누나가 생각하는 수준이 어느 정도인데 그렇게 뜸을 들이세요?"
살짝 두근거리는 심장을 진정시키며 물었다.
"응, 내 생명을 구해준 것도 있고, 또 범인도 잡아주고 했으니 단순 경력만 생각할 수는 없고, 일단 회사 경호팀 팀장급으로 하면 어떨까 하는데, 네 생각은 어때?"
유진은 수현이 관심을 보이자 운을 뗐다.
사실 최유진의 경호원 이야기는 얼마 전부터 나오기 시작했다.
촬영하고 있던 영화의 스케줄이 끝나면 본격적으로 방송 활동을 할 계획이었다.
그러다보니 킹덤 엔터의 이재명 사장과 앞으로의 스케줄에 대한 이야기를 하였다.
그러면서 활동을 하기 전 경호 문제에 관해서도 이야기를 나눴다.
이재명은 회사 경호팀을 붙여 주겠다고 했지만 그것은 유진이 거절을 했다.
같은 회사 소속이라고 하지만 익숙하지 않은 사람을 많이 거느리고 다니는 것은 최유진이 바라는 것이 아니었다.

믿을 수 있는 소수와 함께 다니는 것이 편안한 최유진으로서는 이재명 사장의 제안이 썩 마음에 들지 않았다.

그래서 의논을 하던 중 수현의 이야기가 나오고 또 계약기간에 대한 말이 나왔다.

하지만 그것은 이재명 사장이 들어 줄 수 없는 이야기였다.

우선 수현이 지금 받고 있는 급여가 상당했기 때문이다.

현재 받고 있는 수현의 급여는 킹덤 엔터 소속 경호팀의 팀장 월급보다 높았는데, 이것은 톱스타 최유진에 대한 커리어 때문도 있지만, 위험한 작품에 출연해 준 최유진에게 대명 필름에서 경호 비용을 어느 정도 보조를 해주었기 때문에 그렇게 높은 급여를 줄 수 있었다.

원래 대명 필름에서 모든 비용을 주려고 했는데, 그것은 이재명 사장이 거부했다.

아무리 대명 필름이 큰 회사라지만 킹덤 엔터도 대한민국 연예계에서 상당히 큰 회사이기에 자존심이 있어 거부를 했다.

그럼에도 최대명은 자신이 사람을 데려왔는데 나 몰라라 할 수도 없는 일이라고 우겨서 수현이 받는 급여의 절반을 주기로 하였다.

더욱이 이는 6개월 한시적인 계약이니 그럴 수 있었다.

정상적인 상황에서는 이런 계약은 있을 수 없는 것이다.

그렇기에 정확한 사정을 모르는 상태에서 만약 수현이 지금과 비슷한 급여를 받게 된다면 기존 회사의 경호팀에서 분명 이야기가 나올 수 있었다.

이재명으로써는 형평성 문제로 최유진의 부탁을 들어 줄 수 없었다.

아무리 그녀가 아시아를 아우르는 대스타라 하지만 킹덤 엔터는 엄연히 이윤을 추구하는 회사다.

그녀 한 명을 위해 기존 직원을 차별할 수는 없었다.

최유진도 이런 이재명 사장의 설명을 듣고 고민을 하였다.

그래도 이재명 사장이 최유진의 체면을 생각해 수현이 회사의 팀장급 월급을 받아들인다면 채용을 하겠다는 확답을 들었다.

그리고 이재명 사장의 제안을 받은 최유진이 지금 수현에게 의견을 물은 것이다.

"방금 팀장급이라고 했나요?"

"응, 사장님도 너만 승낙한다면 팀장급으로 채용할 수 있다고 말했어!"

"그럼 저야 고맙죠. 사실 지금 받는 높은 급여는 아주 특수한 상황이잖아요."

수현은 5개월 전 킹덤 엔터에 가서 계약서를 작성할 때가 어떤 상황인지 인지하고 있었다.

"그럼 너도 계약을 연장하는 것에 합의한 거다?"

"네!"

최유진의 물음에 수현은 급히 대답을 했다.

"소진아!"

"네 언니!"

"집으로 말고 회사로 먼저 가자!"

"알겠습니다. 그럼 회사 먼저 들리겠습니다."

옆에서 이야기를 듣고 있던 이소진은 최유진의 말에 바로 대답을 하였다.

사실 그녀도 수현이 그리 싫지 않았다.

비록 자신보다 나이는 어리지만 다른 경호원들과 다르게 거칠지도 않고 예의가 무척 바른 편이었다.

그러니 계속해서 수현이 함께 한다고 하면 나쁠 것이 없었다.

괜히 익숙하지 않은 사람과 함께 생활을 하다보며 스트레스를 받기 때문이다.

그리고 솔직히 수현이 나이는 어리지만 2개월 전 사건 이후로 수현이 점점 남자로 느껴지고 있었기에 더욱 그러했다.

* * *

"1달 뒤까지는 지금처럼 급여가 나가고, 그 뒤로는 월 200에 +@로 지급이 될 것이네!"

이재명은 계약서를 수현의 앞으로 밀며 말했다.

"알겠습니다. 그런데 기간은 어떻게 되는 것입니까?"

정식 킹덤 엔터의 경호팀에 취직을 하는 것이 아니라 최유진의 경호원으로 계약을 하는 것이라 물어보는 것이다.

"일단 계약 기간은 1년으로 하고, 1년 뒤 계약 연장을 할지 다시 합의를 하는 것으로 하지."

킹덤 엔터의 사장인 이재명은 1년 계약을 제안하였다.

이는 최유진의 마음이 어떻게 변할지 몰라 일단 계약 기간을 그렇게 잡은 것이다.

더욱이 최유진의 경우 킹덤 엔터와 계약기간이 1년 반 정도 남은 상태라 더욱 그러했다.

만약 계약 기간이 끝나기 전 최유진과 재계약을 하고, 또 수현이 그때까지도 최유진과 좋은 관계로 남아 있다면 계약은 갱신이 될 것이다.

하지만 그렇지 않고 수현과 최유진의 관계가 틀어지거나 아니면 킹덤 엔터와 최유진의 관계가 끝난다면, 굳이 경력도 얼마 되지 않는 수현을 팀장급 급여를 줘가면서 데리고 있을 필요가 없었다.

수현도 이재명이 무엇 때문에 1년 계약을 들었는지 이해

했다.

"알겠습니다. 그렇게 하기로 하겠습니다."

수현은 대답을 하고 계약서에 서명을 하였다.

"앞으로 잘해보세!"

"감사합니다."

계약서에 서명이 끝나고 이재명이 손을 내밀자 두 사람은 악수를 하였다.

Chapter 7

모델

최유진의 스크린 복귀작인 언더그라운드는 촬영 전부터 이슈 몰이를 하며 사람들의 관심을 끌어 모았다.

육아 문제로 3년 동안 연예계 활동을 완전 중단을 했던 그녀가 연예계 복귀의 신호탄으로 스크린을 선택을 하였기 때문인지 제작 단계에서부터 팬들의 관심을 받았다.

더군다나 촬영 중간에 사건도 있어 팬들은 도대체 어떤 내용의 영화이기에 권력을 가진 누군가가 영화 촬영을 못하게 최유진을 음해하려 했는지 궁금해 했다.

그 때문인지 최유진이 주연한 언더그라운드의 시사회 티켓을 구하기 위해 많은 곳에서 대명 필름에 문의를 하였는데, 너무도 많은 팬들의 관심 때문에 대명 필름에서는 블라인드 시사사회라는 생소한 방식을 선보였다.

이 블라인드 시사회라는 것이 무엇이냐면, 사전에 시사회를 한다고 공지를 하지 않고 임의로 시사회 장소를 지정한 뒤 관계자에게만 사전에 초청장을 보내고 일반 관객은 운이 좋아 언더그라운드가 시사회를 하는 날, 그 극장을 찾은 사람에 한해 입장을 하게 한다는 것이었다.

이 때문에 팬들은 더욱 언더그라운드에 대한 관심이 쏠리게 되면서 뜻하지 않게 홍보가 되었다.

대명 필름의 이런 발표 이후 극장을 찾는 사람들의 숫자가 늘어나 영화 관계자들은 뜻하지 않게 늘어난 관객으로 미소를 지었다.

혹시나 최유진이 주연한 언더그라운드의 시사회가 열리지 않을까 극장을 찾았던 관객들은 시사회가 하지 않는다고 그냥 돌아가는 이는 거의 없었고, 대부분 극장까지 왔으니 연인끼리 또는 함께 온 친구나 동료와 함께 다른 영화를 보았기 때문이다.

*　　　*　　　*

찰칵! 찰칵!

"여기 좀 봐주세요!"

번쩍! 번쩍!

한 극장 입구 많은 사람들이 하던 일을 멈추고 갑자기 극장 안으로 들어서는 스타들을 보며 휴대폰으로 사진을 찍고 또 환호를 하였다.

팬들은 처음에는 우연히 영화를 보러온 스타를 보았다고 생각을 했는데, 시간이 지나면서 스타들은 물론이고 목에 카메라를 메고 있는 기자들도 보이기 시작하자 뭔가 있다는 것을 깨달았다.

그리고 스타들과 기자들이 이곳 극장을 찾는 이유를 알게 되었다.

"언니! 언니!"

"와! 대박!"

"지나가겠습니다. 비켜주세요."

언제 나타났는지 검은 선글라스에 검은 양복을 입은 경호원들이 주변에 깔리더니 극장을 찾은 관객과 스타들을 분리하기 시작했다.

그리고 얼마 지나지 않아 그곳에 아시아의 여왕 최유진이 화사한 드레스를 입고 나타났다.

그러자 조금 전과는 비교도 되지 않을 엄청난 환호성이 극장 안을 울렸다.

"와! 최유진이다!"

한 사람이 큰 소리로 최유진이 나타난 것을 알리자 경호원들의 통제에 살짝 그들과 떨어져 있던 관객들이 경호원들의 통제선으로 몰렸다.

자칫 사고가 발생할 수도 있는 아주 위험천만한 상황이 아닐 수 없었다.

하지만 최유진의 목소리에 이성을 찾은 관객들은 다시 통제선 밖으로 물러났다.

"여러분! 잠깐만요. 이렇게 무실서하면 사고가 발생할 수 있습니다. 시사회 끝나고 사인이 필요한 분들은 충분히 사인을 해줄 테니 질서를 지켜주세요."

"네!"

그녀의 호소에 관객은 혼연일체가 되어 대답을 하였다.

그런 팬들의 모습에 최유진은 화사한 미소를 지으며 자신의 부탁에 대답을 하는 관객들에게 손을 흔들어 주었다.

"와! 와!"

"최유진! 최유진!"

손을 흔들며 극장 한쪽에 마련된 대기실로 들어가는 최유진의 뒤로 그녀를 연호하는 팬들의 환호성이 들렸다.

또각! 또각!

"역시 유진 누나의 카리스마는 흥분한 팬들까지 정신을 차리게 하네요."

수현은 유진의 옆에서 혹시나 만일의 사태에 대비를 하고 있다 그녀의 그리 크지 않은 말에도 정신을 차리며 질서를 유지하는 팬들의 모습을 보며 그렇게 중얼거렸다.

"그러게 말이다."

이소진 또한 오랜만에 본 최유진이 팬들을 조련하는 모습을 보며 감탄하였다.

"역쉬! 조련의 여왕!"

언제 옆에 왔는지 언더그라운드에서 남자 주인공 역할을 했던 성빈이 다가와 최유진을 보며 엄지를 척, 내밀었다.

성빈은 영화 속에서 최유진이 맡은 역할의 선배 기자이자 파트너로 출연을 하였는데, 유진이 어려움을 겪을 때마다 그녀를 위기에서 구해주는 역이었다.

"까분다."

최유진을 자신을 보며 장난을 거는 성빈을 보며 코끝을 찡그리고는 장난스럽게 투덜거렸다.

최유진이 성빈보다 3살이나 더 많은 누나였지만 영화 촬영을 하면서 친해진 관계로 이렇게 장난을 하는 것이다.

수현은 최유진의 뒤를 따르다 성빈을 보고 살짝 고개를 숙이며 인사를 하였다.

그런 수현의 인사에 성빈은 수현을 돌아보며 말을 걸었다.

"어?"

성빈은 최유진에 집중하다 그녀의 뒤에 수현의 모습을 보고 놀랐다.

"누나 아직도 위협 받고 있는 거야?"

영화 언더그라운드를 찍는 촬영 기간 내내 최유진의 주변에 있던 수현을 보았기에 수현을 알고 있었다.

최유진이 자신의 신변 경호를 위해 개인적으로 구한 경호원인데다 촬영 중 사고가 났을 때도 그의 도움으로 목숨을 구할 수 있었고, 특히나 사고를 조장했던 범인을 잡았었기에 성빈은 촬영이 끝난 뒤로 한 번도 보지 못했지만 똑똑히 기억하고 있었다.

"아니, 그런 것은 아니고, 이제 본격적으로 연예계 복귀를 했는데, 어떤 일이 벌어질지 모르니 경호원은 있어야 하고 그래서 계약 연장했지."

성빈의 물음에 최유진은 별거 아니란 듯 가볍게 대답을 하였다.

"경호원이라… 나도 필요하긴 한데."

최유진의 대답을 들은 성빈은 잠시 고민을 하다 그렇게 중얼거렸다.

아닌 게 아니라 젊은 남자 배우 중에서 성빈은 손가락에 꼽을 정도로 톱스타였다.

최유진 급에는 미치지 못하지만 국내에서라면 최유진에 버금갈 정도로 인기가 많았다.

그 때문인지 정말이지 극성스러운 팬들이 너무도 많았다.

조금 사람이 많은 곳을 지나가려고 하면 사람들이 몰려와 그의 몸을 더듬는 것은 물론이고 심지어 은밀한 부위를 만지는 이들도 있었다.

그럴 때면 성빈은 수치심도 수치심이지만 섬뜩한 기분이 들 때가 한두 번이 아니었다.

그러니 최유진의 곁에 있는 수현의 존재가 크게 다가왔다.

"왜? 무슨 문제라도 있니?"

최유진은 이야기를 하다 말고 혼자 중얼거리는 성빈의 모습에 뭔가 문제가 있는 것 같아 물었다.

"으응, 좀 그럴 일이 있어서."

"그럴 일? 뭔데?"

"그게……."

성빈은 최유진의 물음에 요즘 자신에게 일어나고 있는 팬들의 과도한 스킨십 이야기를 들려주었다.

"어머! 남자들도 그런 일을 당하니?"

최유진은 성빈의 말에 깜짝 놀랐다.

사실 그녀는 그런 일은 여자 연예인들에게만 일어나는 일인 줄 알았다.

그런데 설마 남자 연예인들에게도 벌어질 줄은 상상도 못했다.

"누나, 여자들이 더해요."

최유진의 반응에 성빈은 세상 다 산 사람처럼 처진 모습으로 말했다.

“뭐? 그게 정말이니?”

“그렇다니까요. 그게 저만 당한 게 아니에요. 누나, 최수형이라고 남자 아이돌 그룹 플라워의 멤버중에 남자치고는 키도 작고 귀엽게 생긴 애가 있는데, 걔는 팬들한테 성추행 당했데요.”

“에엑!”

성빈이 들려주는 이야기를 듣던 최유진은 남자 아이돌이 팬들에게 성추행을 당했다는 말에 너무 놀라 그만 괴성을 지르고 말았다.

“소진아, 그 이야기 너도 들어 봤니?”

너무 황당한 성빈의 이야기에 도저히 믿을 수가 없어 자신의 매니저인 이소진을 돌아보며 물었다.

어차피 수현이야 자신을 경호에 신경을 쓰느라 그런 이야기는 모를 것이 분명했기에 이소진에게 물어본 것이다.

연예인 매니저를 하니 분명 그들 사이에서 이야기가 돌 것이 분명 하니 그런 일이 있었으면 소진이 들었을 것이 분명했다.

“응, 사실이야. 그게 아마 언니가 한창 영화 촬영 하고 있을 때 벌어진 일이지?”

이소진은 뭔가 생각을 하는 듯 허공을 쳐다보며 이야기를 하였다.

"헐! 말세다. 말세!"

저질 3류 화장실 유머 같은 이야기가 실제로 얼마 전에 벌어졌다는 소리에 어처구니가 없었다.

"남자가 그랬다면 성추행으로 고소라도 했을 텐데, 여자라 그쪽에서도 신고도 못하고 있다가 가해자들이 그때 일을 SNS로 자랑하다 플라워의 팬들의 신고로 알려진 일이야!"

사실 그 이야기는 최유진 테러 사건 이후로 가장 이슈가 되었던 연예가 뉴스 중 하나였다.

영화 언더그라운드 촬영을 방해하기 위해 모종의 세력에서 최유진을 테러한 것이 올해 가장 큰 뉴스였는데, 얼마 지나지 않아 또 다시 대한민국을 뒤흔든 뉴스가 사람들에게 알려졌는데, 그것이 바로 인기 남자 아이돌 가수를 여성 팬들이 집단으로 성추행한 사건이다.

그 때문에 남자뿐만 아니라 여자도 성추행을 한다는 것이 인정이 된 사례가 되었다.

오랜만에 연예계 복귀를 하는 것이라 영화 촬영에만 집중을 하던 최유진으로서는 너무도 놀라운 뉴스가 아닐 수 없었다.

"그렇게 불안하면 너도 너희 회사에 경호원 붙여달라고 얘기해! 너 정도면 회사에서 그 정도 말은 충분히 할 수 있지 않아?"

최유진이 성빈을 보며 조언을 하였다.

"하! 그런데 우리 사장은 내 말을 심각하게 받아들이지를 않아요."

최유진과 성빈이 이렇게 남자 연예인의 고충과 경호원의 필요성에 대한 이야기를 하고 있을 때 시사회 스탭 중 한 명이 다가왔다.

"곧 시사회가 시작될 예정입니다. 저를 따라오십시오."

스탭의 말에 이야기를 나누던 최유진과 성빈이 그를 따라 나섰다.

그리고 그 뒤로 수현과 이소진, 그리고 성빈의 매니저가 조용히 따랐다.

*　　　*　　　*

시사회는 성공리에 끝났다.

그리고 3년 만에 스크린 복귀를 선언하고 본격적으로 연예계 활동을 시작한 최유진은 영화 언더그라운드의 성공으로 그녀를 찾는 사람들이 넘쳐나게 되면서 엄청 바빠졌다.

활동을 하지 않은 기간에 못 번 것에 한이라도 맺힌 사람처럼 한 달 사이 무려 열 개의 광고와 여덟 개의 인터뷰를 하였다.

중간 중간 영화 홍보를 위해 TV에도 출연을 하는 등 아침 일찍부터 시작을 해서 밤 12시가 될 때까지 스케줄을 소화하였다.

오늘도 유명 의류 브랜드 광고 촬영이 있었다.

“야! 아무리 내가 일을 많이 잡아 달라고 했다지만, 이건 너무한 것 아냐?”

최유진은 자신의 매니저인 이소진을 보며 그렇게 소리쳤다.

아닌 게 아니라 너무도 많은 스케줄 때문에 벌써 보름이 넘게 아이들의 깨어 있는 얼굴을 보지 못했다.

막내가 네 살이라 이전보다 엄마의 손이 많이 필요하지 않다고 하지만 엄마의 마음은 그렇지 않았다.

아무리 일이 좋아도 자식만 하겠는가. 그런데 자신이 일을 많이 잡아 달랬다고 해도 이렇게 자식들 얼굴도 보지 못할 정도로 무지막지하게 잡을 줄은 최유진도 예상하지 못했다.

그런데 그것은 이소진에게 하소연을 한다고 해결되는 일이 아니었다.

3년 동안 아무런 일도 않고 쉬던 최유진이다보니 그녀를 찾는 곳이 너무도 많았다.

아무리 스케줄을 조절하려 해도 그녀를 찾는 곳이 너무

많아 일일이 손을 볼 지경을 벗어나 버렸다.

어떤 스케줄은 승낙하고 어떤 스케줄은 거절할 수 없는 아주 굵직한 의뢰만 들어오기 때문이었다.

그러니 킹덤 엔터에서도 어쩔 도리가 없었다.

아무리 킹덤 엔터가 국내에서 큰 연예 기획사라 하지만 최유진을 찾는 업체나 관계자들은 킹덤 엔터가 이리저리 자를 잴 수 있는 곳들이 아니기 때문이다.

"누나! 그런다고 소진 누나가 어쩔 수 있는 것도 아니잖아요."

오랜 기간 함께 다니다보니 어느새 최유진 말고 이소진도 누나라 부르게 되었다.

사실 두 사람이 편하게 말을 놓게 된 것은 모두 최유진 때문이었다.

6개월 넘게 함께 동고동락 하듯 하였는데 매니저인 이소진과 경호원인 수현이 서로 존칭을 사용하니 최유진이 옆에서 그것을 듣고 있다 답답함을 참지 못하고 정리를 한 것이다.

최유진이 나서서 그런 일을 하긴 했어도 수현이나 이소진이 그럴 마음이 없었다면 지금처럼 편한 관계가 되지 않았을 것이지만 이소진도 수현과 앞으로 적어도 1년 이상을 더 봐야 하는데 최유진의 말도 맞는 듯하여 그렇게 하기로 하고, 수현 또한 일을 하면서 편하게 일을 할 수 있다면 그게 더 좋을 듯하여 그녀의 말을 따르기로 해 지금에 이르렀다.

톱스타 최유진을 경호하는 일은 결코 쉽지 않았다.

신경을 써야 할 것도 많고, 또 가끔 그가 갈 수 없는 곳도 있었다.

그럴 때면 매니저인 이소진의 도움을 받아야 하는데, 계속해서 그녀와 서로 거리를 두며 지낼 수는 없지 않은가. 그랬기에 수현도 이소진처럼 최유진의 제안을 받아들여 그녀에게도 누나라 부르기 시작했다.

그러니 좋은 점도 있었다. 수현이 이소진을 누나라 부르기 시작하면서 종종 이소진이 수현에게 도시락을 싸주기도 했던 것이다.

경호를 하다보면 연예인보다 더 식사를 제대로 할 수가 없었다.

언제 무슨 일이 벌어질지 모르다보니 의뢰인의 안전을 위해 신경을 곤두세워야 한다.

톱스타인 최유진은 스케줄 중간중간 요기를 할 수라도 있지만 수현은 그럴 수 없었다.

수현이 경호를 하는 중에 시간이 남을 때는 보통 최유진이 차를 타고 이동을 할 때뿐이다.

그러니 당연 끼니를 제대로 때우는 때가 드물었다.

그런데 이소진에게 누나라 부르기 시작하면서 그녀가 종

종 수현을 위해 도시락을 싸다 주는 것이다.

출근 할 때 종종 아침 식사를 하지 못하고 나오는 최유진을 위해 준비하던 도시락에 수현의 몫을 더 만들었다.

이전에는 그저 일 관계로 만나는 사이로 선을 긋다보니 그런 것이 없었는데, 최유진으로 인해 관계 개선을 하다 보니 이렇게나 가까운 사이가 되었다.

"그래도 힘들어! 애들 보고 싶어!"

수현의 말에 최유진은 마치 초등학생이 학교가기 싫다고 투정을 하듯 그렇게 떠들었다.

"언니 오늘만 고생하세요. 그럼 내가 사장님께 말씀드려서 며칠 스케줄 조정을 해볼게요."

"정말이지? 너 약속했다."

최유진은 소진의 말에 방긋 미소를 지으며 좋아했다.

"알았으니 오늘 잘하세요."

"그건 걱정 붙들어 매! 나, 최유진이야! 최유진!"

최유진은 자신의 가슴을 손바닥으로 치며 소리쳤다.

* * *

"안녕하세요."

오늘 의류 브랜드 광고 촬영을 할 스튜디오에 도착한 최유진은 스튜디오 안으로 들어서면서 인사를 하였다.

"유진 씨, 어서오세요."

스튜디오 스탭은 최유진을 보고 그녀를 맞았다.

"안으로 들어가시면 휴게실이 있으니 그곳에서 메이크업 받으세요."

광고 촬영을 하기 위해 최유진이 스튜디오에 도착하기 전 그녀의 메이크업 담당은 스튜디오로 미리 와 있었다.

원래라면 함께 움직였어야 하지만 메이크업 담당자가 살고 있는 집이 최유진의 집과 반대 방향에 있어 시간이 오래 걸린다는 이유로 그냥 스튜디오로 바로 오라고 하였기에 따로 움직인 것이다.

최유진이 휴게실로 메이크업을 받으러 들어가자 수현은 스튜디오 안에 남아 기다렸다.

갑자기 스튜디오 안이 분주해지기 시작했다.

"선생님 나오셨어요."

"어 그래! 최유진 씨는 도착했나?"

사진작가인 김영만은 자신의 보조에게 물었다.

"예, 조금 전에 도착했습니다. 지금 메이크업을 받고 있습니다."

"그래? 촬영 콘셉트 바뀐 것은 없지?"

김영만은 혹시나 의뢰주가 광고 콘셉트를 바꾼 것은 없는지 물었다.

종종 촬영 콘셉트를 바꾸는 바람에 준비를 다시 해야 하는 경우가 있었기에 촬영 전 꼼꼼히 확인을 하고 촬영에 들어가야만 했다.

"예, 바뀐 것은 없으니 촬영 콘티 받은 대로 진행을 하면 된다고 했습니다."

오늘 촬영할 것은 남녀 겨울 정장이었는데, 최유진이 3년 만에 스크린 복귀를 하면서 스크린 안에서 보여준 그녀의 강인하면서도 도시적인 느낌과 오늘 촬영할 의류 브랜드의 겨울 정장 디자인이 무척이나 어울렸다.

그 때문에 촬영도 어렵지 않을 것이라 판단이 되었기에 최유진도 이곳에 오기 전 일부러 이소진에게 강짜를 부린 것이다.

촬영이 일찍 끝나면 바로 집으로 직행할 것이니 오늘은 더 이상 스케줄을 잡지 말라는 은근한 협박이었고, 이소진 또한 그런 최유진의 의도를 눈치채고 그렇게 대답을 하였다.

"이 주임님!"

김영만의 수발을 들고 있던 이성웅은 갑자기 자신을 부르는 소리에 고개를 돌렸다.

"왜?"

"전화 왔습니다. 좀 받아보세요."

이성웅을 부른 사람은 그렇게 전달하고 횅하니 가버렸다.

"갔다 와."

"전화 좀 받고 오겠습니다."

양해를 구한 이성웅은 빠른 걸음으로 사무실로 갔다.

그러고는 통화를 마쳤는지 10여 분만에 돌아왔다.

하지만 스튜디오 안으로 들어온 그의 표정이 심각하게 굳어져 있었다.

창백하게 굳어진 표정으로 한창 카메라를 점검하고 있는 김영만에게 다가간 이성웅이 심각한 목소리로 이야기를 하였다.

"저… 선생님!"

"무슨 일이야?"

김영만은 고개도 돌리지 않고 대답을 하였다.

그런 김영만의 모습에 이성웅은 조심스럽게 조금 전 전화 통화 내용을 들려주었다.

"그게, 오늘 오기로 한 남자 모델이 오는 도중 사고를 당해 못 온다고 합니다."

"뭐?!"

카메라 점검을 하고 있던 김영만은 놀라 소리쳤다.

하지만 금방 진정을 하고 다시 물었다.

"그럼 다른 모델은 언제 오는데?"

당연히 오늘 오기로 한 모델이 올 수 없다면 다른 모델을 급히 구했을 것이고, 그 모델이 오려면 시간이 더 걸릴 것이니 촬영 시간을 분배하기 위해 물어본 것이다.

"그게… 현재 다른 모델이 없다고 합니다."

"뭐야? 그게 무슨 얼빠진 소리야! 모델이 없다니?"

김영만은 대타 모델이 없다는 소리에 인상을 찡그리며 물었다.

보통 모델 에이전트에서 이렇게 모델이 갑자기 스케줄이 펑크가 나게 되면 다른 모델을 보낸다.

그런데 오늘 사진 촬영을 하기로 된 모델은 그 조건이 까다롭다보니 계약된 모델 에이전트에도 비슷한 조건의 모델이 없었던 것이다.

"음, 뭐 하고 있어! 그럼 다른 곳이라도 알아봐야 할 것 아냐!"

김영만은 자신을 멀뚱이 쳐다보고 있는 이성웅에게 고함을 질렀다.

모델이 없으면 다른 곳에서라도 수급을 해야 하는데 그저 자신만 쳐다보고 있는 이성웅의 모습이 답답해 소리친 것이다.

아무리 경력이 얼마 되지 않는다고 하지만 앞으로 사진작가를 하려는 사람이 일을 배우면서 이런 요령도 생각지 못하는 것이 너무도 답답했다.

*　　*　　*

스튜디오에 도착을 하고 최유진이 메이크업을 받으러 가자 촬영 스튜디오에 남아 있던 수현은 주변을 살피기 시작했다.

경호에 대한 수칙이나 기본 원칙 같은 것을 언더그라운드 촬영 막판에 관계가 좋아진 몇몇 진성 토탈가드 경호원들에게서 배웠다.

이전에 최유진의 경호원으로 계약을 했을 때만 해도 막연히 그녀의 곁에서 누군가의 위협에서 지켜야 한다고만 생각을 했다.

하지만 경호라는 것이 단순하게 의뢰자의 신변만을 보호하는 것이 아닌 사고를 미연에 방지하는 것도 경호에 포함이 된다는 것을 알게 되었다.

그래서 보다 전문적으로 알기 위해 경호와 관련된 서적을 구해서 읽었다.

국내에 나와 있는 것은 거의 없고, 그나마 나와 있는 것도 외국의 것을 번역한 것이라 오역을 한 것도 간간히 보여 수현은 원서를 구입해 읽었다.

다행히 영어로 된 경호 수칙이라던가 하는 내용이 들어 있는 서적을 구해 완벽하게 숙지를 하고 있다.

그래서 스튜디오에 도착을 하고 의뢰자인 최유진이 메이크업을 받으러 간 사이 현장을 돌아보며 그녀가 위험할 수 있는 요소와 위험에 처했을 때 대피를 할 수 있는 대피로 등을 점검했다.

사실 광고 촬영을 하는 스튜디오는 사고의 위험이 곳곳에 도사리고 있다.

살짝만 건드려도 무너지는 조명이나 구조물들은 생각보다 무거워 자칫 큰 부상을 당할 수 있다.

또 촬영에 쓰이는 조명은 불이 켜졌을 때 상당히 뜨거워 화상을 입을 수 있기에 주의가 필요했다.

이를 부주의하게 취급을 하다 종종 스튜디오에서는 화재가 발생하기도 하기에 수현은 이런 것들을 숙지하고 화재가 발생했을 때 대피로 등을 꼼꼼히 살폈다.

뚜벅! 뚜벅!

광고 촬영을 준비하기 위해 분주하게 움직이는 촬영 스탭과 바닥에 어지럽게 널린 배선들을 피해 스튜디오 곳곳을 점검한 수현은 더 이상 복잡한 현장에 있지 않고 최유진이 메이크업을 받고 있을 휴게실로 갔다.

* * *

"유진 씨! 정말 미안한데, 오늘 촬영 좀 늦어질 것 같아!"

사진작가이자 오늘 광고를 촬영할 감독인 김영만은 남자 모델이 사고로 오지 못한다는 소식을 전달받고 다른 모델을 수배하면서 오늘 촬영의 메인인 최유진을 찾아 양해를 구했다.

최고의 모델을 어렵게 섭외를 했는데, 계획대로 촬영이 들어가도 언제 끝이 난다 장담을 할 수 없는 것이 광고 촬영이었다.

그런데 사고가 터졌을 때, 대타도 구해놓지 않고 촬영에 들어가려다가 사고가 터졌으니 김영만으로서는 속에서 천불이 나지만 톱스타 최유진을 마냥 기다리게 할 수도 없어 양해를 구하러 온 곳이다.

"무슨 문제라도 생겼나요?"

오늘 광고 촬영만 끝내면 뒤에 스케줄을 잡지 않겠다고 매니저인 이소진에게 확답을 들은 것이 얼마 전이다.

그런데 마른하늘에 날벼락도 이럴 수는 없었다.

촬영이 늦어진다는 말은 그만큼 끝나는 시간도 늦어진다는 소리였다.

그러니 촬영이 늦어지는 이유를 물어보지 않을 수가 없었다.

"그게… 오늘 유진 씨와 함께 촬영하기로 했던 남자 모델이 여기로 오던 도중에 사고를 당해 올 수가 없다고 연락이 왔어."

"음……."

김영만의 답변을 들은 최유진은 자신도 모르게 작게 신음을 흘렸다.

정당한 이유가 아니라면 막 화라도 내려고 준비를 하던 중 모델이 스튜디오로 오던 중 사고를 당했다는 소리에 신음을 흘릴 수밖에 없었다.

아무리 아이들을 보고 싶다고 하지만 다른 사람이 불행한 사고를 당했다는데 거기에 대고 뭐라고 불평할 수도 없었다.

"그럼 얼마나 기다려야 하는데요?"

어쩔 수 없는 일이기에 최유진은 자조적으로 물었다.

"그게… 최대한 알아보고 있는데, 요즘 광고 업계 시즌이 시즌이라 모델 에이전시에도 남은 모델들이 얼마 없어 이번 콘셉트에 맞는 모델을 구하기가……."

김영만은 최유진의 물음에 변명을 하며 말을 얼버무렸다.

그도 그럴 것이 그라고 해도 언제 모델이 구해질 수 있다고 확답을 줄 수가 없었다.

덜컹!

김영만이 자신들의 준비 부족으로 톱스타인 최유진이 정해진 스케줄에 들어가지 못하는 것 때문에 전전긍긍 하고 있을 때, 주변 상황을 살피고 돌아온 수현이 휴게실로 들어왔다.

수현은 휴게실 안의 분위기가 뭔가 이상하다는 것을 금방 눈치 챘다.

'무슨 일 있나?'

수현은 분위기가 이상하자 조용히 휴게실 입구에 정자세를 하고 섰다.

한참 최유진에게 양해를 구하고 있을 때 문이 열리는 소리가 들리자, 혹시나 조수가 어디서 새로운 모델을 구해 왔는가 하고 기대를 하며 문을 돌아보던 김영만의 눈이 커졌다.

'어? 어디 소속이지?'

휴게실 입구에 서 있는 수현의 모습을 뚫어질듯 쳐다보며 머릿속으로 생각했다.

뚜벅! 뚜벅!

"어느 에이전시에서 왔지?"

딱 봐도 어려보이는 수현의 얼굴에 김영만은 단도직입적으로 물었다.

'응? 뭐지?'

갑자기 자신에게 다가와 뭔가를 물어보는 김영만의 모습에 고개를 갸웃거렸다.

'에이전시? 기관?'

갑작스러운 김영만의 질문에 순간 그 뜻을 단어 그대로 받아들인 수현은 더욱 알 수가 없었다.

"선생님, 수현이는 왜요?"

최유진은 자신과 이야기를 하다 말고 자신의 경호원인 수현에게 다가가는 김영만을 이상하게 쳐다보며 물었다.

"유진 씨! 여기 아는 사람이야?"

김영만은 최유진이 자신이 관심 있어 하는 사람을 아는 척하자 얼른 고개를 돌려 물었다.

"네, 제 경호원이에요."

"경호원?"

경호원이라는 소리에 김영만은 잠시 뒤로 한 발짝 물러나 수현을 쳐다보았다.

"음."

잠시 양손 검지와 엄지를 직각으로 펴고 마치 카메라 앵글을 들여다보듯 보기 시작했다.

그렇게 양손으로 사각 앵글을 만들어 이리저리 각도에 변화를 주며 살피던 김영만은 최유진에게 소리쳤다.

"유진 씨! 이분 잠시 카메라 테스트 좀 해봐도 될까?"

"네? 그게 무슨……."

수현은 갑자기 카메라 테스트를 하겠다는 소리에 깜짝 놀랐다.

"어머! 우리 수현이가 선생님의 테스트를 받을 정도로 모델로서 가능성이 있나요?"

최유진은 국내에서 손에 꼽히는 프로 사진작가인 김영만이 수현을 보며 카메라 테스트를 해보겠다고 말을 하자 놀라 물었다.

"응, 모델을 하기에 덩치가 좀 크지만 살짝 줄이면 괜찮을 것 같아!"

"어머!"

최유진은 김영만의 대답에 깜짝 놀랐다.

그녀가 알기에 시진작가 김영만은 피사체에 관해선 함부로 말을 하지 않는 사람이었다.

그런데 전문 모델도 아니고 자신의 경호원인 수현을 한 번 보고 모델에 대한 가능성을 말하고 있었다.

그러니 최유진이 놀라지 않을 수 없었고, 김영만의 대답에 수현을 다시 한 번 보게 되었다.

'그러고 보니 모델로서도 가능성이 있어 보이네!'

처음 수현을 자신의 경호원으로 채용을 할 당시에는 친한 동생인 대성의 소개도 있고 또 자신의 둘째 딸 돌잔치 때 좋은 기억도 있기도 해서 경호원으로 채용을 하였다.

실력을 떠나서 어느 정도 무술 실력도 있고 또 덩치도 있기에 전문 경호원은 아니어도 충분히 역할을 할 수 있을 것으로 보았기에 경호원으로 계약을 한 것이다.

처음엔 그렇게 아는 사람에게 도움을 준다는 생각에서 채용을 했지만, 영화 촬영 중 자신의 생명을 구하게 되면서 그런 생각은 사라지고 수현이 자신의 경호원이란 것에 마음을 놓게 되었다.

정말로 수현이 근처에 있으면 마음이 저절로 놓였다.

그래서 최유진은 그 동안 수현에 대해 경호원 말고는 생각을 해본 적이 없었다.

그런데 김영만이 수현을 보면서 모델로서 가능성이 있다고 말을 하니 최유진으로서는 수현을 다시 돌아보게 되었다.

"잠시 나 좀 도와주게!"

김영만은 수현을 손을 잡고 끌었다.

"저 저……."

수현은 자신의 손을 끄는 김영만을 보며 당황해 의자에 앉아 있는 최유진을 돌아보았다.

그러자 최유진도 갑자기 변하는 상황에 잠시 당황하다 자리에서 일어났다.

"어서 가보자!"

도움을 청하는 수현의 시선을 읽었으면서도 김영만이 저렇게 막무가내로 권하는 일이 좀처럼 없다는 것을 아는 최유진은 두 눈에 호기심이 일었다.

그녀도 수현이 김영만의 카메라에 어떻게 찍힐지 궁금해졌다.

*　　*　　*

막무가내로 수현을 스튜디오 안으로 데려온 김영만은 조

명이 밝혀진 세트장 가운데 세웠다.

"내 카메라 가져와!"

뒤도 돌아보지 않고 수현을 노려보며 소리쳤다.

갑자기 나타난 김영만이 소리치자 이성웅이 어디서 나타났는지 카메라를 전달했다.

카메라를 받아든 김영만은 수현에게 앵글을 맞추고 수현에게 주문을 하였다.

"카메라를 잡아먹을 듯 노려 봐!"

카메라를 든 김영만은 조금 전에 최유진에게 양해를 구하던 조금은 비굴한 모습이 아닌 뭔가 범접할 수 없는 카리스마를 풍겼다.

수현은 김영만의 소리를 듣고 자신도 모르게 그의 요구에 응했다.

언더그라운드 촬영 당시 최유진을 위험에 빠뜨리려던 범인을 잡으려던 때 범인을 노려보던 것처럼 카메라를 잡아먹을 듯 쳐다보았다.

꽃미남 스타일은 아니지만 큰 키에 각이 지고 굵은 선을 가진 수현의 얼굴은 수컷의 향기를 물씬 풍겼다. 수현이 가지고 있는 특수 스탯 '카리스마'의 영향도 조금 있었다.

'역시!'

찰칵! 찰칵!

김영만은 카메라의 각도를 바꿔가며 연속으로 카메라 셔터를 눌렀다.

"턱을 살짝 들고 눈은 아래로 깔아서……."

카메라 셔터를 무의식적으로 눌러대며 계속해서 다른 포즈에 대한 요구를 하였다.

띠링!

— 모델의 기초 시선 처리와 포즈를 배우셨습니다. 스킬창에 모델 1Lv이 등록 되었습니다.

카리스마 넘치는 김영만의 요구에 반항도 못하고 이런 저런 포즈를 정신없이 취하던 중 알람 소리를 들었다.

그리고 생각지도 않은 모델이라는 스킬을 가지게 되었다.

'어?'

참으로 이상했다. 경호 스킬은 수현이 이재명 사장과 정식으로 계약서를 쓰고 다음날 최유진의 경호원으로써 임무를 수행했을 때 생성이 되었다.

그런데 지금 모델이란 스킬은 그런 계약도 없고 그저 사진작가인 김영만의 지시에 몇 가지 포즈를 취한 뒤 생성이 된 것이다.

'아! 이제 알겠다. 스킬은 직접적으로 그 스킬과 연관이 된 행동을 반복적으로 해야 생성이 되는 것이구나!'

경호라는 스킬은 경호원으로서 일을 시작하자 생성이 된 것에 반해 모델은 반복적 행동으로 생성이 되었기에 둘 사이에 공통점을 찾을 수 없었지만, 수현은 그냥 그렇게 이해하고 넘어갔다.

사실 이 게임 시스템이란 것이 어떻게 해서 자신에게 적용이 되었는지도 정확하게 알지 못하는 상태이니, 대략적으로 스킬을 얻었을 때 자신이 어떤 행동을 했었는지 생각을 하다 그런 결론을 내린 것이다.

"이성웅!"

김영만은 한참 사진을 찍다 조수인 이성웅을 불렀다.

"예! 선생님!"

사진작가인 김영만이 수현을 찍기 시작하자 뒤에서 그것을 지켜보고 있던 이성웅은 자신을 부르는 소리에 얼른 대답을 하였다.

"오늘 모델이 입기로 했던 것 가져와!"

"알겠습니다."

이성웅은 별다른 질문 없이 김영만이 어떤 것을 요구하는지 캐치를 하고 얼른 어딘가로 뛰어갔다.

그가 뛰어간 곳은 오늘 오기로 했던 남자 모델이 입어야 할 옷들이 놓인 곳이었다.

다시 나타난 이성웅의 품에는 세네 벌의 정장이 들려 있었다.

"거기 가서 검정색 정장으로 갈아입고 와!"

눈을 부릅뜬 김영만은 수현을 보고 그렇게 말했다.

"저……."

"어서!"

막 수현이 반항을 해보려 하였지만 그 반항은 금방 제압이 되었다.

뭔가에 홀린 듯한 김영만의 눈은 지금 수현이 어떤 말을 해도 듣지 않겠다는 듯, 한 곳만을 응시하고 있어 수현은 어쩔 수 없이 김영만이 가리킨 방으로 들어가 옷을 갈아입고 나왔다.

187㎝의 헌칠한 키의 수현에게 이성웅이 가져온 정장은 마치 맞춤 정장처럼 딱 맞았다.

옷을 입고 나온 수현의 모습을 확인한 김영만은 손짓을 하며 수현을 무대로 불렀다.

수현은 뭔가에 홀린 듯 이제는 아무런 말없이 김영만의 손짓을 따라 조명 아래로 가서 섰다.

그렇게 김영만의 요구에 몇 차례 사진을 찍은 수현은 이젠 끝났겠거니 하며 무대를 그만 내려오려 하였다.

"잠시만!"

하지만 김영만이 제지를 하는 바람에 엉거주춤 무대 위에 남게 되었다.

"유진 씨, 함께 서보세요."

김중만은 뒤에서 수현의 사진 촬영을 구경하던 최유진을 불러 무대 위로 올렸다.

“알겠어요.”

최유진은 재미있겠다는 생각에 무대 위로 올랐다.

하얀 커튼이 바닥까지 늘어진 위에 유럽풍의 긴 의자에 걸터앉았다.

그러면서 엉거주춤하고 있는 수현을 자신의 곁으로 당겨 자연스럽게 연출을 하였다.

“오! 좋아!”

최유진이 수현을 리드하며 포즈를 취하자 김영만은 저절로 좋다는 감탄성을 지르며 카메라를 열심히 찍어댔다.

찰칵! 찰칵!

“이번에는 의상 바꿔서!”

사진작가 김영만은 뭐가 그리 기분이 좋은지 신나하며 사진을 찍었다.

“잠시만요. 더 이상 안 됩니다.”

수현은 더 이상 김영만의 페이스에 넘어가 사진 촬영을 계속할 수 없다고 말을 하였다.

“수현아! 왜? 재미있지 않아?”

한참 사진 찍는 것에 재미를 느끼고 있던 최유진은 수현을 보며 물었다.

“아 네, 뭐 나쁜 것은 아니지만 이건 아니라고 생각합니다. 전 모델이 아닌 경호원이잖아요."

수현은 말을 하며 조금 전에 옷을 갈아입었던 방으로 들어가려 하였다.

"이런, 내가 잠시 카메라 테스트만 하려고 했는데 피사체가 너무 좋아 흥분을 했네!"

김영만은 수현의 말에 흥이 깨지면서 그제야 제정신을 차렸다.

오늘 촬영하기로 했던 남자 모델이 사고를 당해 모델을 구하기 힘들던 차에 바로 앞에 오늘 찍기로 한 모델과 조건이 비슷한 모델이 나타나자 카메라 테스트만 하고 설득을 하려고 했는데, 흥분한 나머지 앞뒤 설명도 없이 촬영에 들어갔던 것이다.

"잠시만 우리 이야기 좀 하지."

김영만은 얼른 수현을 붙잡았다.

"전 더 이상 할 말이 없습니다."

조금 전 유명한 사진작가가 자신을 신나게 찍는 것에 잠시 전문 모델이라도 된 것 같은 느낌에 흥분을 하여 잠시 자신이 최유진의 경호원이라는 것을 망각하였다.

하지만 시간이 지나고 다른 의상으로 갈아입으라는 김영만에 지시에 퍼뜩 정신을 차리게 되었다.

"오늘 하루만 모델이 되줄 수 없겠나?"

"죄송합니다."

"이렇게 부탁하네! 오늘 오기로 한 남자 모델이 사고를 당하는 바람에 지금 남자 모델을 구하기 힘든 상황이라서 그러네!"

현재 사고로 올 수 없는 모델을 대신해 대타 모델을 사방으로 연락하여 남자 모델을 구하고 있지만 아직까지 소식이 없는 것으로 봐선 조건에 맞는 남자 모델을 구하긴 불가능하다고 판단했다.

그래서 더욱 수현에게 매달렸다.

"자네, 최유진 씨 경호원이라고 하지 않았나? 이건 나뿐만 아니라 최유진 씨도 돕는 일이네!"

다급해진 김영만은 자신이 무엇 때문에 전문 모델도 아닌 수현에게 이런 부탁을 하는 것인지 구구절절 설명을 하기 시작했다.

옆에서 이런 이야기를 듣고 있던 최유진의 눈빛이 달라졌다.

조금 전까지만 해도 수현과 함께 사진을 찍던 것이 조금은 장난 비슷한 감정이었는데, 김영만의 이야기를 듣다보니 잘하면 시간이 허비하지 않고 오늘 찍을 광고 촬영을 금방 끝낼 수 있을 것만 같았다.

의류 브랜드의 브로마이드와 잡지에 실릴 사진 촬영인데, 계획은 열 시간이 잡혀 있지만 광고에 필요한 사진이 나오지 않는다면 날을 새서라도 사진을 찍어야 했다.

그런데 함께 찍어야 할 남자 모델이 사고로 오지 못한다고 연락이 온 상황에서 최유진이 빨리 촬영을 마치고 집으로 돌아가 아이들과 함께 하기 위해선 수현이 그 남자 모델 대신 사진 촬영을 해야만 가능할 것 같았다.

더욱이 조금 전 함께 사진을 찍을 때, 수현과의 케미가 너무도 좋았다.

그것을 어떻게 알 수 있는가 하면, 사진 촬영을 하는 김영만에게 계속해서 좋다는 긍정적인 표현이 터졌기 때문이다.

한 번도 이런 계통의 일을 하지 않았음에도 수현은 감각이 있었다.

카메라가 자신을 어떻게 찍는지 본능적으로 알고 있는 것인지 카메라에 가자 잘 나오는 각도로 포즈를 취했다.

그런데 자신만 잘 나오게 찍히는 것이 아닌 함께하는 상대까지 서로를 돋보이게 하는, 전문 모델 중에서도 상당한 재능이 있는 모델들만 가지고 있는 것을 수현은 자연스럽게 연출을 하였다.

물론 처음부터 상대를 배려했던 것은 아니었다.

하지만 몇 번 함께 찍히면서 자세가 나아지더니 급기야 베테랑인 자신을 리드를 하기에 이르렀다.

너무도 편하게 촬영을 하다보니 최유진은 자신이 전문 모델과 함께 사진 촬영을 하고 있는 착각마저 들었었다.

그래서 얼른 김영만의 말에 끼어들어 수현을 설득하기에 이르렀다.

“그래 수현아! 오늘 한 번만 도와줘! 그리고 너도 조금 전에 이것 재미있었다고 했잖아! 응?”

최유진은 수현을 보며 그렇게 말을 하더니 이번에는 김영만에게 고개를 돌려 물었다.

“선생님! 우리 수현 씨가 촬영 도와주면 모델료 주실 거죠?”

“당연하지! 내 이번에 남자 모델에 책정된 모델료에 20만 원 더해서 100만 원 맞춰줄게!”

김영만은 최유진의 말에 얼른 모델료에 대해 말했다.

사실 모델료는 유명한 사람들 말고는 그리 많이 받지 못한다.

하지만 하루 몇 시간 사진 촬영만 하고 몇 십만 원을 버는 것이니 그리 적다고도 할 수는 없다.

다만 모델들은 한 달 내내 스케줄이 있는 것이 아니라 일이 있을 때만 돈을 벌기 때문에 실력이나 인지도가 있는 경우에 한해선 1년에 억대의 돈도 벌 수 있고, 그렇지 않고 실력이 별로이거나 인지도가 없어 찾아주는 사람이 없으면 몇 백도 벌기 힘들었다.

그런데 지금 수현에게는 오늘 하루만에 100만 원을 주겠다고 한 것이다.

그러나 정작 당사자인 수현은 이 돈이 많은지 적은지 몰라 눈만 깜박였다.

다만 자신의 월급이 200+@인데 본 월급의 절반에 해당하는 100만 원이라는 말에 마음이 살짝 흔들렸다.

'100만 원이라는데 한 번 해봐?'

수현이 이렇게 망설이고 있을 때, 옆에서 최유진이 그런 수현의 마음을 더욱 흔들었다.

"오늘 일찍 들어가면 너도 좋잖아, 금방 퇴근할 수 있으니까."

최유진의 말이 결정적이었다.

영화 촬영 때만큼은 아니지만 요즘 최유진의 스케줄이 너무도 바빠서 아침 일찍부터 저녁 늦게까지 함께 동행을 하다 보니 체력이 좋은 수현도 살짝 피곤했다.

보통 사람들보다 체력이 배는 높은 수현이지만 피로에는 장사가 없었다.

"알겠습니다. 다만 제가 전문 모델이 아니니 잘 할 수 있을지 모르겠네요."

조금 전까지 잘만 찍었으면서 수현은 살짝 발을 빼며 승낙을 하였다.

"좋아! 성웅아! 준비된 의상 다 가져와!"

김영만은 오늘 모델이 입기로 예정된 옷을 모두 가져오라 하였다.

하지만 어차피 오늘 찍는 잡지 광고의 메인은 최유진이고 남자 모델은 그저 최유진을 보조하는 배경과 같은 존재였다.

그렇기 때문에 수현이 입을 의상은 그리 많지 않았다.

Chapter 8

위기의 여배우

최유진과 함께 잡지 광고 촬영을 한 수현은 몇 개월 뒤 잡지사로부터 잡지를 받았다.

그가 최유진과 함께 찍은 사진 중 일부가 잡지에 실렸기에 모델료 외에 잡지가 함께 온 것이다.

잡지가 발매가 된 뒤 수현은 뜻하지 않은 주목을 받게 되었다.

물론 처음부터 수현이 주목을 받은 것은 아니었다.

하지만 몇몇 사람들이 톱스타 최유진과 함께 동반 촬영한 남자 모델이 누군데 아시아의 여왕 최유진과 함께 하면서 기죽지 않고 돋보일 수 있는지 호기심에 그를 찾기 시작했다.

그런데 어떻게 알았는지 수현이 최유진의 개인 경호원이고 당시 광고 촬영에 와야 할 남자 모델이 사고로 오지 못해 어쩔 수 없이 최유진의 경호원이었던 수현이 대신 광고를 찍게 되었다는 사실이 알려진 것이다.

정체가 전문 모델도 아닌 경호원이라는 사실이 밝혀졌지만, 오히려 사람들의 호기심은 수그러들지 않고 더욱 커졌다.

잡지 속 최유진과 수현이 너무도 잘 어울렸던 것 때문이기도 했지만, 누군가의 제보로 남성복 전문 업체들에서 수현을 모델로 쓰고 싶다는 연락이 최유진의 소속사인 킹덤엔터로 자주 온다는 내용이 인터넷에 올라오면서 더욱 그러하였다.

이 때문에 수현은 최유진의 경호를 하는데 영화 촬영을 할 때보다 더 어려워졌다.

전에는 최유진의 안전만 생각하면 되었는데, 잡지가 발간이 되면서 많은 사람들이 수현도 알아보면서 사람들이 몰리기 시작했기 때문이다.

처음에는 최유진을 알아보고 몇몇 팬들이 그녀에게 다가왔다가 뒤늦게 최유진의 경호원인 수현의 얼굴도 알아보면서 더욱 혼란스러워 지는 일이 자주 일어나다보니, 결국 잡지가 나가고 두 달쯤 지나서는 더 이상 수현 혼자 감당할 수 없는 지경에 이르렀다.

그래서 수현은 어쩔 수 없이 경호원으로 재계약을 한 지 6개월도 되지 않은 시점에서 최유진의 경호원을 그만 두어야만 했다.

최유진의 팬들만 모여 들어도 북새통을 이룰 텐데, 잡지가 나간 뒤 수현에게도 팬이 생기면서 더욱 혼잡스러워져 경호를 할 수 없게 되어 어쩔 도리가 없었다.

수현이나 최유진 그리고 팬들의 안전을 위해서라도 수현은 경호원 일을 그만 두어야 했다.

하지만 최유진의 경호를 그만 두었다고 수현이 백수가 된 것은 아니었다.

수현이 유진의 경호를 그만두게 되었을 때, 최유진이 전문 모델을 해보라는 조언을 해주었다.

촬영 당시 자신과 함께 카메라 앞에 당당히 서던 수현의 모습에서 전문 모델 못지 않은 포스를 느꼈다며 한 번 해보라는 것이다.

이에 수현은 잠시 고민을 했다.

스킬 창에 모델이란 스킬이 생기기는 했지만 자신이 잘 할 수 있을지 걱정이 되었기 때문이다.

경호야 운동을 했으니 요령만 알면 할 수 있다고 생각을 해서 대성이 제안을 했을 때 멋모르고 승낙을 한 것이지, 모델은 솔직히 자신이 없었다.

그런데 최유진이 잘 할 것 같다는 조언을 하자 살짝 자신감이 생겼다.

그리고 자신에게는 만능 키와 같은 여유분의 포인트가 있지 않은가? 포인트를 사용해 1Lv인 모델 스킬을 중급으로 상향한다면 욕은 먹지 않을 것 같았다.

더욱이 최유진과 함께 광고 사진을 찍을 당시 그 일이 재미있기도 했기에 살짝 관심이 생기기도 했다.

또 시간이 지나면 관심은 줄어들기야 하겠지만 어차피 당분간은 제대로 경호원 일은 하지 못하는 상태기에 수입이 필요하기도 했다.

매번 지난 번처럼 모델료를 잘 쳐주지는 않겠지만, 그래도 어느 정도는 벌이가 되리라 생각이 들었다.

*　　*　　*

"수현 씨! 촬영 들어갑니다."

스타일리스트 앞에 서서 옷매무새를 점검 받고 있던 수현의 뒤에서 이성웅이 소리치고 갔다.

사진작가 김영만의 조수인 그는 오늘도 뭐가 그리 바쁜지 스튜디오 안을 분주히 뛰어다니고 있었다.

수현은 경호원에서 전업 모델로 전향을 한 지 세 달 정도밖에 되지 않은 신인이다.

23살이라는 조금은 늦은 나이에 모델이 되었지만 현재 수현은 모델 중에서 그래도 이름을 나름대로 알리고 있다.

경호원 출신이라는 그 특이한 이력도 이력이지만, 가장 우선적인 이유는 바로 아시아의 여왕이라 불리는 톱스타 최유진과의 친분 때문이다.

유명 스타와, 그것도 광고계 블루칩인 최유진과 인맥이 있다는 것은 신인 모델에게 아주 강력한 무기다.

그리고 그런 소문이 나게 된 것은 다름 아니라 수현이 최유진과 같은 킹덤 엔터에 소속이 되었다는 이유 때문이었다.

사실 킹덤 엔터에는 모델을 담당하는 부서가 없다.

킹덤은 가수와 배우만을 매니지먼트 하는 회사지 모델은 키우지도, 데리고 있지도 않았다.

하지만 최유진의 경호원을 하다 함께 광고 사진을 찍은 인연 때문인지, 아니면 킹덤 엔터의 이재명 사장이 수현에게서 뭔가를 본 것인지 경호원 계약을 합의 파기 하는 자리에서 바로 매니지먼트 계약을 하였다.

그 뒤로 수현은 킹덤 엔터의 도움을 받아 모델로써의 교육은 물론이고, 그 외적으로도 필요한 것들을 지원 받았다.

물론 그 지원은 일방적인 지원은 아니었다.

수현이 경호원을 그만두고 본격적으로 모델을 하겠다고 마음먹었을 때, 킹덤 엔터에서는 벌써 수현이 찍어야할 광고를 주선했다.

최유진과 함께 찍었던 광고가 잡지에 나가고 난 뒤 여러 곳에서 문의가 들어온 상태였다.

다만 수현이 모델이 아닌 경호원이었을 때 들어온 것들이라 말을 하지 않고 있었는데, 모델로 계약을 하자마자 일감을 주선한 것이다.

수현이 본격적으로 모델로 활동을 한다는 소식이 전해지기 무섭게 킹덤 엔터로 이전보다 조금 줄어들기는 했지만 문의가 들어왔다.

그것을 수현의 매니지먼트를 하는 킹덤 엔터에서 수현의 모델 수명을 위해 아직 모델로써 갖춰야 할 소양을 길러야 한다는 명분으로 엄선을 하여 수현에게 무리한 스케줄을 잡지 않고 전달을 하였다.

비록 킹덤 엔터가 모델 라인은 없었지만, 국내 상위 엔터테인먼트로써 수십 년을 자리하고 있는 회사다.

그래서 전문적이지는 않지만 그래도 어떻게 해야 상품이 소비자들에게 인기를 얻고 또 오래 갈 수 있는지 너무도 잘 알고 있다.

지금은 톱스타 최유진의 빛 때문에 인기를 얻고 있지만 시간이 지나면 수현 본인의 빛으로 밝게 빛나야 한다.

그래서 킹덤 엔터에서는 수현이 자체발광을 할 수 있게 지원하고 있었고, 수현도 그러한 킹덤 엔터의 그러한 뜻을 받아 들여 열심히 노력을 하였다.

그 결과 예전엔 수현을 논하기 전에 먼저 최유진의 이름이 항상 거론이 되었지만 요즘은 수현 본인의 이름이 알려지기 시작했다.

그렇게 명성을 쌓아가던 중 사진작가 김영만에게서 연락이 온 것이다.

수현을 처음 모델로 찍은 김영만은 그때의 인연으로 남성정장 촬영 의뢰가 들어오자 가장 먼저 수현에게 연락을 한 것이다.

슈트 핏이 잘 나오는 모델은 수현 말고도 많이 있었다.

하지만 최근 찍은 모델 중 수현처럼 느낌이 좋았던 것은 손에 꼽을 정도였기에, 김영만은 망설이지 않고 수현을 콜했다.

자신이 발굴한 신인 모델이라는 생각에, 수현이 톱스타 최유진과 친하다는 것도 한몫하기도 하였다.

두루 인맥을 다지면 언젠가는 자신에게 다시 그게 돌아오니 이 모든 것이 누이 좋고 매부 좋은 일 아니겠는가.

*　　*　　*

찰칵! 찰칵!

비록 경력은 몇 개월 되지 않는 수현이지만 그만의 비장의 무기인 포인트를 사용해 모델 스킬을 중급 1Lv까지 올려 두었다.

스킬이 중급으로 올라가니 이전에는 사진작가의 의도를 알아채지 못하고 설명을 들어야만 깨닫고 포즈를 취했던 것이, 사진작가가 어떤 의도로 지시를 내리고 있다는 것을 바로바로 깨닫고 포즈를 취할 수 있게 되었다..

하지만 수현이 처음부터 스킬을 무턱대고 중급으로 올리지는 않았다.

수현은 스킬의 레벨을 포인트를 이용해 하나하나 레벨 업을 시키면서 스킬 레벨이 올라가면 자신에게 어떻게 작용을 하는지 알아보았다.

군대에 있을 때만 해도 그냥 필요하다 싶으면 한꺼번에 스킬 레벨을 올렸는데, 이번에는 그렇지 않았다.

본래의 좋은 느낌에다가 스킬까지 레벨업한 수현을 피사체로 찍고 있는 김영만은 신이 나서 들고 있는 카메라의 셔터를 눌러 댔다.

"후우! 그만!"

신들린 듯 정신없이 사진을 찍던 김영만은 카메라를 내리고 촬영 종료를 선언하였다.

피사체가 너무도 좋다보니 시간이 얼마나 지났는지도 깨

닫지 못하고 자신이 원하는 사진이 나올 때까지 계속해서 사진을 찍었다.

그리고 몇 장의 완벽한 사진을 구하자 바로 촬영 종료를 선언한 것이다.

김영만이 아무리 국내에서 알아주는 포토그래퍼라고 하지만 사진 촬영을 할 때마다 매번 원하는 사진을 찍을 수 있는 것은 아니다.

하지만 오늘 찍은 사진은 김영만이 정말로 피사체와 혼연일체가 되어 찍은 관계로 최고의 작품이 탄생한 것이다.

그러다보니 몸에 진이 빠져 더 이상 카메라를 들고 있을 힘이 없어 촬영을 종료한 것이었다.

김영만이 촬영 종료를 선언하자 다른 사람보다 스튜디오 안에 있는 스탭들이 무척이나 좋아했다.

오늘 스튜디오 스케줄은 이번 촬영밖에 없었는데, 촬영이 원래 계획된 시간의 절반도 되지 않은 시점에서 종료가 되었기 때문이다.

그것도 모델이 너무 못해 김영만이 중간에 촬영을 중단한 것이 아니라 너무도 만족스러운 사진을 찍어 말 그대로 종료를 한 것이다.

이런 일은 톱스타와 함께 작업을 해도 좀처럼 발생하지 않는데, 신인 모델과 함께 작업을 하는 도중 이런 일이 발생하자 일이 일찍 끝난다는 기쁨도 기쁨이지만 수현을 보면서 감탄을 하는 직원들이 많았다.

"수현 씨! 오늘 수고하셨습니다."

"네, 감사합니다."

수현이 김영만의 촬영 종료 선언에 무대에서 내려와 옷을 갈아입기 위해 탈의실로 향하는데, 주변에서 스탭들이 지나가는 수현을 보며 인사를 해왔고, 이에 수현도 웃으며 인사를 하였다.

자신을 보며 웃는 모습을 보이는데 굳이 그런 것을 무시하면 안 되는 일 아니겠는가. 힘들어도 일을 위해서는 웃어야 하는데, 자신을 좋게 보고 좋아하는 이들에게는 더욱 그러했다. 수현은 스탭들의 인사를 받으며 그곳을 지나갔다.

* * *

김영만 포토그래퍼와 찍었던 광고 사진이 의류 매장은 물론이고 옥외 간판으로 제작이 되어 동대문의 쇼핑몰과 교통 요충지의 빌딩 등에 설치가 되면서 수현의 모델로서의 주가는 금방 톱 모델 수준으로 올랐다.

물론 그것은 국내 남자 모델, 그것도 인기 톱스타를 뺀 순수 모델에 한한 이야기였지만, 수현은 군대를 재대고 1년이 조금 넘은 시점에서 처음 군대를 재대하기 전 꿈꾸었던 삶과는 완전 다른 삶을 살고 있다.

경호원을 그만두고 모델로 활동을 한 지 1년여가 되어가는 지금, 수현은 광고계의 블루칩으로 떠오르고 있었다.

그리고 이런 수현을 킹덤 엔터에서는 굳이 모델로만 활용하지 않고 방송 스케줄도 잡기 시작했고, 그러면서 수현은 점점 방송 스케줄이 늘고 있었다.

군대를 제대할 당시만 해도 수현은 연예계에 그리 관심이 없었다.

그저 톱스타 최유진을 팬으로써 좋아하는 정도일 뿐이었다.

게다가 전 여자 친구였던 선혜와 엮이면서 연예계에 대한 인식이 무척이나 안 좋아졌다.

선혜의 이해하지 못할 자격지심도 문제였지만, 이어진 MK엔터의 대처가 더 마음에 들지 않았다. 특히 수현과 서로 각서를 쓰고 난 뒤 사건을 일으킨 자체가 아닌 그것을 발각되게 만들어 회사에 피해를 끼쳤다는 것을 더욱 문제 삼는 것을 보고 너무도 큰 실망을 하였다.

그 때문에 수현에게 연예계는 발을 들여서는 안 될 마귀들의 세상이었다.

하지만 세상 모든 일이 호사다마라고 했던가. 어떤 일이 좋은 일이고 어떤 일이 나쁜 일인지 지나봐야 안다고, 그렇게 안 좋은 이미지였던 연예계와의 인연은 수현을 또 다른 길로 인도를 하였다.

동경하던 톱스타 최유진의 경호원으로 만들어 주었고, 이제는 모델이 되고 또 그렇게 꺼려하던 방송에까지 나가게 되었다.

"혼자 가도 되는데……."

수현은 운전을 하고 있는 이소진을 보며 말을 하였다.

지금 가고 있는 스케줄은 저녁 라디오 방송이었다.

저녁 9시에 생방송으로 진행이 되는 KBC 라디오로 게스트인 수현은 조금 일찍 가면 되는 일인데, 최유진의 매니저인 이소진이 수현을 픽업해 방송국으로 향하는 중이다.

"유진 언니가 요즘 스케줄이 없어, 그래서 할 일도 없고 해서 온 거야!"

이소진은 현재 최유진이 개인적인 사정으로 일을 중단하고 휴식기를 가지고 있어 한가한 편이다.

그러다 수현이 오늘 방송 스케줄이 있다는 소리에 그를 픽업해 방송국을 가는 중이다.

"그 동안 유진 누나 스케줄 맞추느라 힘드셨을 텐데, 이때 좀 누나도 쉬시지 그러세요?"

정말로 이소진은 최유진과 함께 최근까지 하루에도 많으면 다섯 개 이상의 스케줄을 소화하기 위해 지옥과 같은 일정을 다녔다.

그러다 최유진이 개인적인 일로 활동 중단을 선언하자 또 다시 그것들을 중재하기 위해 스케줄이 잡혔던 곳을 찾아다니며 사과를 하러 다녔다.

연예인이 활동 중단을 한다고 해서 담당 매니저도 일이 없는 것이 아니다.

스타가 휴식 기간을 가질 때는 매니저는 더욱 바빠진다.

담당 연예인이 혹시나 사람들의 기억에서 잊혀지지 않게 하기 위해 방송국은 물론이고 스타 홈페이지도 관리를 하고, 또 그 와중에 스타의 개인적인 스케줄도 관리를 해줘야 한다.

이렇듯 매니저의 일은 담당 연예인의 휴식기에도 휴식을 취할 수 없다.

수현은 최유진의 경호원으로 1년 가까이 함께 하면서 매니저의 고충을 알게 되었기에 이런 말을 하는 것이다.

"하하, 아니야! 난 쉬면 병나는 체질이라. 그냥 나 좋아서 하는 일이니 넌 그냥 편하게 생각해."

이소진은 별거 아니라는 투로 말을 하며 수현의 말을 받았다.

"네, 누나 고마워요. 그런데 요즘 유진 누나에게 무슨 일 있나요?"

수현은 운전을 하는 이소진을 보며 조심스럽게 물었다.

자신의 매니저도 아닌 이소진에게 최유진의 개인적인 이

야기를 물어보는 것은 무척이나 무례한 질문일 수도 있었기에 조심을 하는 것이다.

"음… 별로 좋은 일이 아니니 내가 말을 할 수는 없겠다."

"아! 죄송해요."

"아니야! 너도 유진 언니하고 친해서 근황을 물어보는 것이니 이해해!"

아닌 게 아니라 우연히 방송국이나 킹덤 엔터에서 마주할 때면 미소를 지으며 아는 척을 해주는 최유진이었지만, 수현은 왠지 그 미소 속에서 밝은 느낌보다는 마치 무언가로부터 자신을 보호하려는 듯한 인상을 받았다.

그래서 마침 최유진이 없는 곳에서 그녀의 매니저인 이소진과 단둘이 있는 기회가 생긴 지금 무슨 일이 있는 것인지 물어본 것이다.

하지만 최유진의 매니저인 이소진은 아무리 수현이 최유진과 가까운 사이라고 하지만 그녀의 개인적인 상황을 수현에게 알려줄 수는 없었다.

수현이 그렇지는 않겠지만 이런 안 좋은 이야기를 굳이 다른 사람에게 한다는 것은 자칫 자신이 담당하고 있는 연예인에게 치명적인 약점으로 작용할 수도 있기 때문이다.

*　　　*　　　*

오늘도 안 들어 왔다.

시계 바늘은 10시를 지나 11시를 향하고 있었다.

그런데 남편은 이 시각까지 아무런 소식 한 장 없다.

최유진은 테이블 위에 놓인 자신의 휴대폰을 들여다보았다.

자신이 메시지를 보냈지만 남편은 그것을 읽지 않았는지 표시가 없다.

"하!"

휴대폰을 보던 최유진은 작게 한숨을 쉬었다.

심장을 옥죄는 듯한 느낌에 가슴이 답답해 온다.

쪼르륵!

너무 답답해 도저히 참을 수가 없어 최유진은 테이블 위에 놓인 와인을 글라스에 따랐다.

벌컥! 벌컥!

와인을 따른 그녀는 마치 와인을 맥주인 것처럼 벌컥거리며 단숨에 마셨다.

지금 마시고 있는 와인은 그녀가 결혼기념일에 남편과 함께 마시기 위해 구입한 와인으로, 1병에 100만 원 가까이 되는 고급 와인이었다.

하지만 남편은 오늘이 결혼기념일이란 것도 잊은 것인지

오지도 않고 또 연락도 없다.

'또 병이 도진 것인가?'

최유진은 남편과 함께 마시려고 했던 와인을 혼자 자작하며 생각을 했다.

사실 남들에게 알리지는 않았지만 유진의 남편은 상당한 여성 편력이 있는 남자였다.

물론 유진도 그러한 사실을 알고 결혼을 한 것이지만 그건 어디까지나 결혼 전 일이었다.

하지만 유진의 남편은 결혼 후에도 종종 바람을 폈다.

그러한 사실을 처음 알았을 때는 유진도 크게 화를 내며 싸웠다.

최유진의 분노에 그녀의 남편은 무릎을 꿇고 두 손이 발이 되도록 빌었다.

그런 남편의 사과에 유진은 남편을 용서했다.

이미 그녀의 뱃속에는 남편과의 결실이 자라고 있었기 때문이다.

그런데 유진이 용서를 해준 것이 무색하게 한 번 시작된 바람은 멈추지 않았다.

한 번이 힘들지 두 번은 그리 어렵지 않았다.

첫째가 태어나고 돌도 되지 않을 때 두 번째 외도를 알았다.

그때 시부모님이 말리지 않았다면 유진은 아마도 남편과

 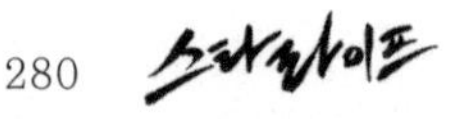

이혼했을 것이다.

그렇게 시부모님의 부탁에 또 다시 용서를 했다.

하지만 무슨 생각인지 남편의 외도는 점점 도를 넘기 시작했다.

말도 없이 외박을 하는 정도가 아니라 대놓고 자신이 있는 곳에서 내연녀와 통화를 하였던 것이다.

결혼 4년 만에 파경이 왔다. 정말로 그때는 주변의 만류에도 이혼을 결심하고 집에 들어오지 않는 남편을 찾아가 이혼 서류를 넘겼다.

그때야 자신이 얼마나 큰 잘못을 했는지 깨달은 남편은 내연녀와 관계를 정리할 테니 용서해 달라고 빌었다.

그러면서 다시는 자신이 바람을 피게 되면 자식에 대한 양육권도 포기를 하겠다고 선언을 하였다.

그때 뒤도 돌아보지 않고 이혼을 했어야 했다.

양육권이란 말에 남편과 아들의 관계를 떠올리게 된 최유진은 이번이 마지막이란 말을 하고 남편을 용서했다.

정말로 자식에 대한 사랑 때문이지 남편은 더 이상 바람을 피지 않았다.

프로 축구 선수인 남편은 경기가 끝나면 그 좋아하는 술도 마시지 않고 바로 집으로 돌아와 가정적인 모습을 보였다.

그 모습에 안심을 하고 둘째를 계획하고 임신을 하였다.

그리고 둘째의 양육을 이유로 연예계 활동도 중단을 하며 가정에 충실하고 또 남편 내조에 정성을 쏟았다.

유진이 가정에서 내조를 충실히 하고 또 그녀의 남편 또한 다른 곳에 신경 쓰지 않고 운동에 전념을 하니 늦은 나이에도 경기력이 향상되면서 제2의 전성기를 맞았다.

시간이 흘러 육아와 내조에 전념을 하던 유진도 3년이란 시간이 흐르면서 남편이 이제는 더 이상 외도를 하지 않을 것이라 믿음이 생기자 다시 활동을 시작했다.

전에는 자신이 내조를 잘 해주지 못해 남편이 외도를 하는 것인가 하는 생각에 잘 나가던 그녀가 육아를 핑계로 활동을 중단했던 것인데, 모든 일이 잘 풀리자 다시 연예계 복귀를 한 것이다.

그런데 믿었던 남편이 다시 외도를 하기 시작했다.

아니, 외도는 아주 오래 전부터 있었지만 그 동안 너무도 교묘하게 숨기고 있어 유진이 눈치 채지 못하고 있었다.

나중에 알게 된 사실인데, 남편의 외도 사실은 시부모는 알고 있었다.

외도 사실을 부모님께 들킨 그녀의 남편은 전에 바람을 피다 걸린 뒤 최유진에게 써준 각서 이야기를 들려주며, 만약 이번에 외도한 사실이 걸리면 아이들을 유진에게 빼앗긴다고 설득을 하였고, 그 말을 들은 시부모는 그 사실을 숨겼다.

이미 자신의 부모를 자신의 편으로 만든 남편은 더 이상 꺼릴 것이 없었다.

부인인 최유진만 모르면 만사형통이란 생각에 부모님의 협조 속에서 이중생활을 했던 것이다.

그런데 아주 우연히 이러한 남편의 외도 사실을 알게 되면서 최유진은 충격에 빠졌다.

그래서 모든 활동을 중단했던 것이다.

이러한 사실은 매니저인 이소진에게도 알리지 않은 사실이다.

이젠 최유진도 나이도 있고, 아직 어린 자식들에게서 아빠를 뺏는 다는 것도 힘들 것 같아 자신만 참으면 된다는 생각에 관계를 개선해 보기 위해 노력을 했다.

하지만 최유진이 예전과 다르게 약하게 나가자 그녀의 남편은 그녀의 생각과 다른 방향으로 나가기 시작해 그녀를 당황하게 만들었다.

최유진이 외도 사실을 알면서도 예전처럼 이혼을 하자는 말을 하지 않고 계속해서 저자세로 나가자 오히려 큰소리를 치며 이혼을 요구하기 시작한 것이다.

알고 보니 남편은 열 살이 넘게 나이차이가 나는 내연녀와 살림을 차려놓고 있었으며, 그녀가 계속해서 이혼을 하고 자신과 결혼을 하자고 조르고 있다는 사실을 알게 되었다.

그리고 최유진은 남편의 내연녀에게서 충격적인 말도 들었다.

천하의 최유진이 남편에게서 퇴물 취급을 받고 있었다는 것이다.

한동안 남편과 부부생활이 원활하지 않았는데, 그것이 모두 자신의 바쁜 스케줄 때문에 그런 것이라 생각을 하였다.

그런데 알고 보니 그런 것이 아니었던 것이다.

이제는 40줄에 가까워진 최유진이다.

아직도 잘 관리를 하여 30대 초반에서 적게는 20대 후반으로 보이는 그녀였지만 실제 나이 20대에게는 밀렸던 것이다.

20대 내연녀를 만나는 남편은 그녀의 환심을 사기위해 최고의 톱스타이자 아내인 최유진을 깎아내리며 내연녀의 환심을 샀던 것이었고, 그러한 이야기를 내연녀에게서 들은 최유진의 심정은 나락으로 떨어졌다.

그래서 오늘 결혼기념일을 기약해 남편과 이야기를 하려고 연락을 했지만 남편은 기약이 없다.

그 때문인지 최유진의 기분은 시간이 지날수록 더욱 다운이 되었다.

아무리 와인이 알콜 도수가 낮다고 하지만 많이 먹다보면 취한다.

취기가 오른 최유진은 문득 지금 자신의 심정을 쏟아내지 않으면 미쳐 버릴 것만 같았다.

지금이 시간이 너무 늦었다는 것도 생각도 않고 무작정 전화를 걸었다.

평소 친하다고 생각하던 이들에게 전화를 절어보았다.

늦은 시각 친정 엄마에게 전화를 하여 자신의 사정을 하소연 한다는 것은 왠지 걱정을 시켜드리는 것 같아 본능적으로 그것을 피해 누군가에게 위로를 받고 싶었다.

하지만 그녀의 시도는 성공을 하지 못했다.

전화를 걸어도 연결이 되지 않거나 연결이 되어도 촬영이나 스케줄 때문에 오래 통화하기가 어려웠기 때문이다.

그 때문에 최유진의 기분은 더욱 다운이 되고 말았다.

“평소에는 그렇게 나와 친한 척들을 하더니 정작 내가 필요할 때는 모두 곁에 없구나!”

벌컥!

자신의 뜻대로 전화 통화도 제대로 되지 않는 연예계 동료 친구들에 실망을 한 최유진은 또 다시 글라스에 가득 담긴 와인을 들이켰다.

우우웅! 우우웅!

“누구야!”

갑자기 울리는 전화의 진동 소리에 최유진은 게슴츠레한 눈빛으로 자신의 전화기를 쳐다보았다.

“어? 소진이네!”

매니저인 이소진이 늦은 시각 전화를 한 것이다.

"우리 소진이, 소진이 전화가 이렇게 반가운지 몰랐네!"

조금 전까지만 해도 누군가 통화를 하고 싶은데 아무도 자신과 통화를 하려고 하지 않는 것에 우울했던 최유진은 생각지도 않던 매니저 이소진의 전화에 마치 조울증에 걸린 사람처럼 업 되어 전화를 받았다.

하지만 일찍부터 술을 마시기 시작했던 관계로 최유진은 통화를 하면서도 횡설수설하였다.

* * *

부우웅!

수현의 라디오 스케줄에 함께 온 이소진은 문득 자신의 담당 연예인인 최유진이 무얼 하고 있는지 궁금해졌다.

너무 늦은 시각이라 평소에는 이런 생각이 안 들었는데, 오늘은 문득 이상한 예감에 실례임을 알면서도 전화를 한 것이다.

그런데 신호가 몇 번 가지도 않았는데 최유진이 전화를 받았다.

최유진이 자신의 전화를 받자 이소진은 라디오 스튜디오에 걸린 시계를 보았다.

왜 그런지 모르지만 아까부터 이상한 생각에 시계를 보게 된 것이다.

저녁 11시 40분, 조금 뒷면 수현의 라디오 방송도 끝난다.

"언니, 오늘 결혼기념일인데 오늘 잘 보내셨어요?"

이소진은 자연스러운 화제를 꺼내며 이야기를 건넸는데, 대답을 하는 최유진의 상태가 이상했다.

술을 마시고 있었는지 말에 두서가 없고, 또 했던 말을 또 하고, 또 하면서 말투 또한 어눌했다.

'이거 유진 언니 상태가 이상한데…….'

이소진이 느끼기에 예감이 좋지 못했다.

자신이 모르는 뭔가 일이 벌어질 것만 같은 예감이 들었다.

그러다 문득 안 좋은 예감이 들어 계속해서 말을 걸었다.

"언니 결혼기념일인데 내가 미처 선물도 준비 못했네? 미안해서 어쩌죠?"

혹시나 최유진이 상태가 이상하데 엉뚱한 일을 벌일지 모른다는 생각에 길게 통화를 하기 시작했다.

"수고하셨습니다."

이소진이 최유진과 통화를 하는 사이 수현은 라디오 스케줄을 마치고 라디오 룸에서 나왔다.

"소진 누나 배고프시죠? 가는 길에 우리 뭐라도 먹고 가요. 제가 살게요."

수현은 이소진의 곁으로 다가가며 말을 하였다.

오늘 자신을 위해 담당 매니저도 아니면서 픽업을 하여 방송국까지 데려와준 것하며, 이렇게 늦은 시각까지 기다려준 것이 너무도 고마워 뭐라도 사주고 싶은 마음에 그렇게 말을 하였다.

하지만 전화 통화를 하던 이소진은 심각한 표정으로 대답을 하였다.

"오늘은 힘들 것 같아! 방금 유진 언니랑 통화를 하는데, 상태가 조금 안 좋은 것 같아!"

"그래요? 어떻게 안 좋은데요?"

"그건 가봐야 알 것 같아! 미안한데 갈 때는 혼자 가야 할 것 같아!"

"아니에요. 무슨 일인지 모르겠지만 저도 함께 가줄게요."

수현은 이소진이 최유진에게 가봐야 할 것 같다는 말에 자신도 함께 가자고 하였다.

"그래도 어떻게 너랑 함께 가니!"

이소진은 최유진의 집에 수현을 데려가는 것이 좀 어색한 느낌에 거절을 하였다.

결혼을 한 최유진의 집에 늦은 시각 찾아 가는 것도 이상한데, 수현과 함께 가는 것도 뭔가 이상해 그런 것이다.

"유진 누나 반응이 이상하다면서요. 혹시 제 도움이 필요

할 수도 있으니 함께 가요. 가서 이상 없으면 바로 나오면 되잖아요."

"음… 그럼 그럴까?"

수현의 말을 들은 이소진은 잠시 머뭇거리다 수현의 말도 일리가 있다고 생각을 했다.

늦은 시각 부부가 있는 집에 혼자 불쑥 찾아가는 것도 이상하고, 뭔가 불안한 느낌에 수현이 함께 가준다면 조금 안심이 될 것도 같았다.

그렇게 두 사람은 방송국을 나와 최유진의 집으로 향했다.

* * *

띵동!

초인종이 울렸다.

늦은 시각 혼자 술을 마시던 최유진은 초인종 소리에 비틀거리며 자리에서 일어났다.

인터폰에 매니저인 이소진과 수현의 모습이 보였다.

"으음, 소진이와 수현이네!"

작게 중얼거린 최유진은 두 사람이 들어올 수 있게 문을 열어주었다.

덜컹!

현관문이 열리고 문 앞에 서 있는 이소진의 모습이 보였다.

"어서 와!"

이소진이 보이자 들어오라는 말을 하며 다시 거실로 향했다.

현관 앞에 있던 이소진과 수현은 문이 열리고 확 풍겨오는 술 냄새에 깜짝 놀랐다.

그리고 비틀거리며 거실로 걸어가는 그녀의 뒷모습을 보며 뭔가 위태위태한 느낌이 들었다.

두 사람이 얼른 최유진의 뒤를 따라 집안으로 들어갔다.

"어머! 언니, 술을 얼마나 마신 거예요?"

이소진은 거실 테이블 위와 바닥에 아무렇게나 뒹굴고 있는 술병을 보며 소리쳤다.

"헤헤 소진아! 언니가 기분이 좀 그래서 좀 마셨당!"

자신을 걱정해 주는 이소진의 타박에 최유진은 귀여운 목소리로 술병을 치우고 있는 이소진에게 매달리며 대답을 했다.

"수현 씨! 이것들 좀 치워줘요."

이소진은 자신에게 매달리는 최유진 때문에 술병을 치울 수가 없자 수현에게 구원 요청을 하였다.

"알겠습니다."

최유진의 경호원을 할 때, 많이 들어와 보았기에 집 구조는 잘 알고 있었다.

베란다 한쪽에 최유진이 마신 빈 술병들을 가져다 쌓아두었다.

술병들을 모두 치우고 거실로 들어가니, 그때까지도 이소진이 최유진을 훈계하고 있었다.

"아무리 힘든 일이 있다고 해도 술은 적당히 마셔야죠. 그리고 술 드실 때 속 생각해서 안주도 드시라고 했죠!"

마치 잔소리하는 부인처럼 최유진을 붙들고 잔소리를 하고 있는 이소진의 모습을 보게 된 수현은 몇 개월 전 최유진의 경호원을 할 때로 돌아간 것 같은 기분이 들었다.

당시 최유진의 경호원을 하면서 참으로 많이 본 장면이었다.

"제가 간단하게 뭔가 요깃거리 좀 만들어 올 테니 수현 씨가 잠시 유진 언니 좀 보고 있어!"

이소진은 수현에게 최유진을 맡기고 주방으로 향했다.

집안으로 들어와 술병을 치우던 중, 식탁 위에 놓인 음식들이 손도 대지 않은 상태로 차갑게 식어 있는 모습을 보았다.

결혼기념일인데 식탁 위 음식 상태가 그렇다는 것은 최유진의 남편이 이 시각까지 집에 들어오지 않았음을 알 수 있었다.

이런 상황을 보고 최유진의 매니저로 곁에서 오랜 기간 지내면서 그녀의 남편에 대해 조금 알게 된 이소진은 현재 최유진이 어떤 상태인지 깨달았다.

'개자식!'

비록 최유진을 처음부터 담당을 한 것은 아니지만 벌써 5년 넘게 전담하고 있다.

그러다 보니 전임 매니저에게 인수인계를 받을 때 들었던 정보도 있고, 매니저를 하면서 본 것도 있기에 최유진 남편의 여성편력을 알게 되었다.

한동안 잠잠한 듯하더니 기어코 제 버릇 버리지 못하고 사고를 친 것임을 깨달았다.

식은 음식들 중 몇 개를 전자레인지에 데워 거실로 가져왔다.

그녀가 음식을 데워 가져오는 사이 거실에서는 수현과 최유진이 술판을 벌이고 있었다.

"그래 마시자! 마셔!"

원래는 적당히 최유진의 기분을 맞춰주다 술을 못 먹게 하려고 하였는데, 최유진이 어떤 상황인지 깨달은 뒤 이소진은 오늘만 그냥 모든 것을 잊고 원 없이 마시게 두기로 결정하였다.

"응? 소진아! 어서와! 너도 받아!"

수현과 와인을 주거니 받거니 하며 대작을 하던 최유진은 자신의 옆에 이소진이 앉는 모습을 보더니 글라스에 와인을 가득 따라 건넸다.

"언니 와인이 무슨 맥주야? 그만 따라!"

한꺼번에 너무 많이 따르자 최유진을 제지했다.

"헤헤, 마셔!"

술잔을 이소진에 넘긴 최유진은 자신의 앞에 놓인 잔을 높이 들며 소리쳤다.

그런 최유진의 모습에 이소진은 얼른 주변을 돌아보며 작게 소리쳤다.

"언니 목소리 줄여! 애들 깨겠어!"

최유진의 모습에서 그녀의 남편이 집에 안 들어왔다는 것을 짐작할 수 있었지만 그녀의 아이들은 있을 것이라 생각해 작게 말한 것이다.

"걱정 하지 마! 애들은 엄마한테 보냈다. 꺼억!"

이소진의 타박에 술을 마시며 대답을 하던 그녀는 트림을 하였다.

수현은 지금까지 최유진이 이렇게까지 흐트러진 모습을 본 적이 없었다.

그녀의 개인 경호원을 하면서 친해져 평상시 그녀가 팬들이 생각하는 것보다 더 털털한 모습이란 것을 알게 되었을 때도 무척 놀랐는데, 지금과 같은 모습은 단 한 번도 본 기억이 없었다.

그 때문에 지금 수현은 무척이나 혼란스러웠다.

분명 그녀의 행동은 정상적인 상황이 아니었는데, 무엇이 그녀를 이렇게까지 망가뜨리는 것인지 알 수가 없었기 때문이다.

"형부는?"

탕!

이소진의 물음에 최유진은 글라스에 술을 따르다 말고 술병을 테이블에 거칠게 내리치며 말했다.

"형부… 그 인간 아마 그년하고 있겠지!"

벌컥!

말을 하던 최유진은 답답하다는 듯 와인을 소주를 먹듯 단숨에 비웠다.

'그년? 무슨 소리지?'

술잔을 기울이며 최유진의 이야기를 조용히 듣고 있던 수현은 의미심장한 최유진의 대답에 눈이 커졌다.

"가만두지 않을 거야!"

최유진은 이소진의 질문을 받은 뒤부터 무엇 때문이지 점점 흥분을 하기 시작했다.

"언니, 어쩌려고?"

"어쩌긴 이번 기회에 이혼하지 뭐!"

"이혼? 애들은 어떡하고?"

"애들? 당연히 내가 키워야지! 그렇게 무책임한 인간에게 어떻게 내 아이를 맡길 수 있겠어! 그 새끼는 애비 자격도 없는 놈이야! 어떻게 감쪽같이 날 속일 수 있어! 더욱이 아버님, 어머님까지 모두 작당을 해서……."

"……!"

꿀꺽!

이소진은 너무도 충격적인 최유진의 말에 너무도 목이 말라 들고 있던 와인을 단숨에 비워 버렸다. 자신의 속이 다 타들어가는 것 같았다.

"아버님, 어머님도 속이다니, 언니 그게 무슨 소리에요? 좀 자세히 이야기 해보세요."

너무도 황당한 소리에 이소진은 도저히 참을 수가 없었다.

그리고 그건 조용히 최유진의 이야기를 듣고 있던 수현도 마찬가지였다.

"크큭! 내 얘기 좀 들어봐! 글쎄 그 인간하고 시부모란 사람들이 글쎄……."

최유진은 자신이 알게 된 남편의 외도 사실과 그 내용을 하나에서 열까지 들려주었다.

그런데 압권은 4년 전 남편의 두 번째 외도 사실을 알게 된 최유진이 이혼을 하려던 때 손발이 부르트도록 빌며 최유진을 만류했던 그녀의 시부모도 오래 전에 이번 외도 사실을 알고 그녀를 속였다는 것이었다.

이야기를 듣던 수현과 소진은 도저히 믿을 수가 없어 경악을 금치 못했다.

어떻게 인간으로서 그럴 수 있는지 이해를 하려고 해도 이해할 수가 없었다.

만약 자신의 딸이 그런 지경이라면 그럴 수 있었을 것인지 물어보고 싶었다.

게다가 다른 사람도 아닌 대한민국 최고의 여배우 최유진이 아닌가.

“그런데 더 웃긴 건 애들 때문에 내가 용서할 테니 돌아오라고 했더니 그 인간이 어떻게 한지 아니?”

“어떻게 했는데요?”

“이혼하제! 난 이젠 흥미가 떨어지고 내 벗은 몸을 봐도 흥분이 안 된다지 뭐니!”

말을 하던 최유진은 자신의 가슴을 양손으로 받치며 상체를 앞으로 내밀었다.

그러면서 수현을 돌아보며 물었다.

“수현아! 내가 그렇게 매력이 없니?”

“헉!”

갑자기 자신을 향해 가슴을 내미는 최유진의 모습에 수현은 갑자기 숨이 막혀왔다.

그녀의 남편이 무슨 생각으로 최유진에게 그런 말을 했는지 모르겠지만 지금 자신을 향해 가슴을 모아 내밀고 있는 최유진의 모습은 너무도 아찔했다.

그 때문인지 심장이 그의 통제를 벗어나 마구 뛰기 시작했다.

그뿐만이 아니었다. 가운데로 몰려 봉긋 솟은 그녀의 가슴이 두 눈에 한가득 들어와 그의 하체 주요 부위에 피가 몰리기 시작했던 것이다.

"누나! 진정해요. 누가 아시아의 여왕인 최유진에게 그런 막말을 해요. 미친 거 아니에요?"

수현은 지금 자신의 상태를 숨기기 위해 거칠게 대답을 하고는 뜨겁게 달아오르는 가슴을 식히기 위해 술을 따라 연거푸 마시기 시작했다.

"맞아요. 언니 언니에게 그런 말을 하는 인간은 눈이 삔 거예요."

이소진은 최유진의 말을 듣고 흥분을 했는지 얼굴을 붉히며 대답을 하였다.

"그럼 뭐하니 애들 아빠는 내 몸을 보고 흥분이 되지 않는다는데……."

벌컥!

뭐가 그리 속상한지 최유진은 말을 하면서도 계속해서 술을 마셨다.

"어? 술이 벌써 떨어졌네! 잠시만 기다려!"

최유진은 술을 따르려다 술병이 빈 것을 알고 자리에서 일어났다.

주방 한쪽에 놓인 와인셀러에서 몇 병의 와인을 꺼내왔다.

수현과 이소진이 오기 전 얼마나 마셨는지 와인셀러는 거의 비어 있었다.

최유진이 술을 가져오고 이들은 또 다시 글라스에 와인을 채우고 떠들며 술을 마셨다.

"나도 그 인간의 여성편력을 모르고 결혼한 것은 아니야! 다만 그것은 결혼 전의 일이니 결혼을 하면 가정에 충실할 줄 알았지."

이야기를 하던 최유진은 자조적으로 뭔가를 생각하는 듯 글라스 안에 담긴 와인을 지긋이 쳐다보았다.

말을 하던 최유진은 다시 한 번 한 모금 마시고는 다시 이야기를 이었다.

이야기가 길어질수록 이들의 술을 마시는 횟수도 늘어났다.

급기야 새벽 두 시가 넘어가니 대작을 하던 사람 중 이소진이 가장 먼저 술기운을 이기지 못하고 모로 쓰러졌다.

"누나, 소진 누나 좀 재울게요."

수현은 이소진이 잠이 들자 손님방으로 사용하는 현관 입구 방에 뉘였다.

가끔 늦은 스케줄 때문에 새벽에 돌아오면 매니저인 이소진이 자고 가기도 했던 방이다.

최유진의 집에는 이렇게 손님이 왔을 때 자고 갈 수 있는 방이 두 개나 되었다.

그래서 전에 수현이 경호원을 할 때 몇 개월간 이곳에서 숙식을 하기도 했다.

손님방에 들어오니 예전 생각이 새록새록 떠올랐다.

잠든 이소진을 침대에 누이고 이불을 덮어준 뒤 거실로 나온 수현은 아직도 혼자 술을 따라 마시고 있는 최유진의 앞에 앉았다.

"와인은 너무 싱겁다. 우리 다른 것 마시자!"

계속해서 와인을 먹었더니 입에 맞지 않는 것인지 치유진은 거실 한쪽에 있는 장식장으로 가더니 커다란 양주병을 하나 들고 왔다.

그것을 조금 전 와인을 마시던 글라스에 가득 채웠다.

"크윽!"

알콜 도수가 낮은 와인을 마시다 독한 양주가 목을 타고 들어가니 저도 모르게 소리를 냈다.

확 달아오르며 목을 타고 내려가는 양주의 화끈한 느낌에 몸이 저도 모르게 떨렸다.

독한 양주가 들어가니 두 사람이 주고받는 대화도 점점 경계가 허물어지기 시작했다.

"남자들은 다 그러니? 집에 버젓이 마누라가 있으면서 어린 여자에게 껄떡 거리는 것 말이야!"

외도를 하는 자신의 남편 생각이 또 났는지 최유진이 물었다.

"뭐, 남자가 여자를 찾는 것이 본능적인 것이기는 하지만 옆에 누나처럼 아름다운 미녀가 있는데… 저라면 한눈 팔지 않을 것 같아요. 아니 오히려 누가 누나를 채갈까 봐 불안해하겠지요."

수현은 조금 전 최유진이 양손으로 가슴을 쥐며 자신의 눈앞에 들이대던 것이 생각나 얼굴이 붉어졌다.

그런 수현의 모습에 최유진은 큰소리를 내며 웃었다.

"하하하하! 그 말 정말이야?"

최유진은 방금 전 수현의 대답이 마음에 들었는지 아니면 수현의 붉어진 얼굴이 귀여웠는지 수현의 정면으로 얼굴을 들이밀며 물었다.

"헙!"

갑자기 자신의 눈앞으로 최유진의 얼굴이 다가오자 순간 기겁을 하며 얼굴을 뒤로 뺐다.

하지만 너무도 가까이 있어서 그랬는지 아니면 너무도 갑자기 최유진이 얼굴을 들이밀어서 그랬는지 알 수는 없었지만 최유진의 입술이 살짝 수현의 입술과 스쳤다.

두근! 두근!

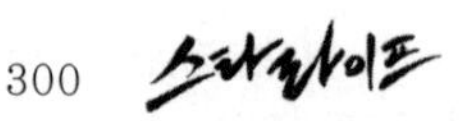

술기운 때문에 그랬는지는 모르겠지만 수현은 최유진의 입술이 스친 그 감각이 화인처럼 남았다.

'어! 어!'

윙! 윙!

지금 수현의 귓가에는 뭔가 윙윙거리는 소리 때문에 아무런 소리도 들리지 않았다.

뿐만 아니라 머릿속도 하얗게 변해 버려 아무런 생각도 떠오르지 않았다.

그런데 일이 어떻게 되려는 것인지 방금 전 살짝 스친 최유진의 입술 때문에 얼어붙은 것처럼 꼼짝 못하고 있는 수현을 최유진은 게슴츠레 뜬 눈으로 쳐다보았다.

그러더니 무슨 생각인지 무릎걸음으로 수현의 곁으로 다가왔다.

수현의 곁에 다가온 최유진은 얼어 있는 수현의 얼굴을 잠시 쳐다보다 조용히 자신의 입술을 그의 입술에 포겠다.

입술이 포개지고, 최유진의 두 손이 수현의 목을 둘러졌다.

조금 전 입술이 닿았던 것 때문에 상체를 뒤로 빼고 있던 수현은 최유진이 키스를 하며 몸을 기울여오자 그 무게를 감당하지 못하고 거실 바닥에 쓰러졌다.

"으음!"

수현이 뒤로 넘어지자 자연스럽게 수현의 위를 올라타게 된 최유진은 감은 팔을 풀지 않게 키스를 하기 시작했다.

유부녀라 그런 것인지, 아니면 술기운 때문에 그런 것인지 최유진은 먼저 혀를 이용해 수현의 입을 벌리고 그 안으로 침범을 하였다.

쪽! 쪽!

뭔가 핥고 빠는 듯한 소리가 거실 안을 울렸다.

최유진의 적극적인 키스 세례에 가만히 그녀의 키스를 받고 있던 수현도 점점 그 행동에 동조를 하기 시작했다.

수현의 손이 최유진의 허리에 둘리고, 한 손은 등을 타고 올라왔다.

수동적으로 키스를 받던 것에서 이제는 적극적으로 그녀의 혀를 마중했다.

두 사람의 혀가 한곳에서 만나 뒤엉키며 조금 전보다 더욱 요란한 소성을 냈다.

"으음!"

최유진이 작은 신음을 흘렸다.

언제 그리로 들어갔는지 모르겠지만 수현의 손이 그녀의 옷 속으로 들어가 그녀의 가슴을 쥐었다.

하지만 최유진은 수현의 손길을 거부하지 않았다.

이미 두 사람은 술기운에 본능만이 남아 있었다.

자신들이 무엇을 하는지도 모르고 갑자기 타오르기 시작한 정염에 이성을 잃고 본능만이 뜨겁게 달아오른 그것을 해소하기 위해 이들을 움직이고 있을 뿐이었다.

〈『스타 라이프』 제3권에서 계속〉

BBULMEDIA

BBULMEDIA